무적행

無敵行

8

태규 신무협 장편소설

ORIENTAL FANTASYSTORY & ADVENTURE

dream
books
드림북스

무적행 8

초판 1쇄 인쇄 / 2014년 6월 20일
초판 1쇄 발행 / 2014년 6월 27일

지은이 / 태규

발행인 / 오영배
책임편집 / 편집부
펴낸 곳 / (주)삼양출판사 · 드림북스

주소 / 서울특별시 강북구 솔샘로67길 92
대표 전화 / 02-980-2112 팩스 / 02-983-0660
편집부 전화 / 02-980-2116 팩스 / 02-983-8201
블로그 / blog.naver.com/dreambookss

등록번호 / 제9-00046호
등록일자 / 1999년 3월 11일

ⓒ 태규, 2014

값 8,000원

ISBN 978-89-542-4964-5 (04810) / 978-89-542-4758-0 (세트)

* 지은이와 협의하에 인지는 생략합니다.
* 잘못된 책은 구입한 곳에서 바꾸어 드립니다.

이 도서의 국립중앙도서관 출판시도서목록(CIP)은 서지정보유통지원시스템홈페이지(http://seoji.nl.go.kr)
와 국가자료공동목록시스템(http://www.nl.go.kr/kolisnet)에서 이용하실 수 있습니다. (CIP제어번호:
2014018763)

무적행

8

태규 신무협 장편소설

ORIENTAL FANTASYSTORY & ADVENTURE

dream
books
드림북스

무적행

목차

第一章

사천혈사(四川血事).

그 복잡하고 잔혹했던 대사건을 어떻게 설명해야 할까?

꼬이고 꼬인 인과의 실타래 속에서, 가닥을 하나씩 쥐고 있던 이들이 모여들어 마치 화산처럼 폭발했던 며칠의 시간.

필자는 그날들에 관련된 수많은 소문과 자료를 대부분 수집했지만, 전모를 파악하기란 쉽지가 않았다.

신검무제의 주도 아래 오가와 구파 중 청성파의 잔존 세력, 아미파, 그리고 이부삼성 중 봉명성과 철혈성이 뭉친 무제맹.

그건 정사양도의 주축 세력 중 삼 할에 이를 정도로 거대한 맹회였다. 하지만 수십 년 동안 어둠 속에 숨어서 강호제패를 준비했던 승무정의 상대가 되기에는 부족했다.

무제맹은 승무정의 정체를 제대로 파악하지 못했고, 반대로 승무정은 무제맹 내부에 상당한 숫자의 조력자까지 만들어 두었다. 그뿐 아니라 희생을 최소화하는 한편 완벽한 승리를 위해 긴밀한 음모를 계획해둔 상태였다.

그러니 양 세력 간의 전쟁은 뻔한 결과가 예정되어 있었다.

그런데 어째서 사천혈사는 그렇게 마무리 지어졌을까?

그건 바로 모두가 알고 있듯이 투신 몽예라는 변수가 있었기 때문이었다.

그렇기에 필자는 사천혈사 당시 투신 몽예가 어떻게 움직였고, 어떻게 그런 상황을 만들었는지를 중심으로 구성하기로 했다.

비도(秘道)를 이용하여 투신 몽예와 그의 일행을 청성산까지 안내하였고, 사천혈사 내내 그들의 옆에 머물렀던 현 청성파의 장문인 적수진인(赤手眞人)을 통해 이 이야기를 시작해 보자.

―하아. 어디서부터 어떻게 말해야 할까? 그때의 난 좀 오만한 청년이었다네. 세상 무서운지 모르던 천둥벌거숭이었지. 기억이 가물가물하구만. 하지만 자네가 이렇게 부탁하니 한번 옛 기억을 더듬어 보겠네. 그때, 난 청성파의 장령제자로, 아직 속명을 쓰고 있을 때였다네.

방준명.

그래, 그게 나의 이름이었다네.

*　　　*　　　*

"방준명이다."

방준명은 울긋불긋하게 물든 얼굴을 당당히 내밀며 말했다. 그의 얼굴을 그렇게 만든 당사자인 장칠은 뭔 소리냐라는 듯이 눈살을 찌푸렸다.

"뭐 어쩌라고?"

방준명은 다시 말했다.

"내 이름은 방준명이다."

그러자 장칠이 말했다.

"아! 통성명하자고? 늦은 감이 있지만 그러지 뭐. 난 장칠이라고 해. 만나서 반가워, 청성파 새끼야."

멀리 벽에 기대어서 눈을 감고 있는 홍한교가 말했다.

"난 홍한교."

방준명이 얼굴을 찡그렸다.

"내 말은 난 청성파 새끼가 아니라, 방준명이라는 거다."

장칠이 순진한 듯 눈을 끔뻑거렸다.

"그래, 청성파 새끼."

"방. 준. 명."

"그래. 청성파 새끼 방준명."

"청성파 새끼는 빼."

장칠이 슬며시 손을 들어 방준명을 향해 뻗었다.

방준명은 순간 움찔했지만, 막거나 피하려 하지 않았다. 그저 자신을 향해 다가오는 장칠의 손을 가만히 노려보고만 있을 뿐이었다.

장칠의 손이 방준명의 볼을 가볍게 두들긴다.

"캬! 이런 용감한 새끼. 알았다, 알았어."

"용감한 새끼가 아니라, 방. 준. 명."

장칠은 빙긋 웃었다. 마치 귀여운 손자 놈의 재롱을 본다는 듯한 훈훈한 미소였다.

"그래. 방준명. 자, 그럼 내 질문에 대답은 해야지? 쟤들 언제 돌려보낼 거야?"

그러면서 장칠은 방준명의 어깨너머로 시선을 두었다.

방준명은 한숨을 푹 내쉬며, 장칠이 바라보는 곳을 향해 고개를 돌렸다.

그곳에 흙먼지 묻은 옷을 입은 한 쌍의 남녀가 서 있었다. 방준명의 사제인 장천수와 사매 화매봉이었다.

그들을 확인하는 순간, 다시 방준명은 한숨을 푹 내쉬었다. 장칠의 부드러운 목소리가 그의 귀로 스며들었다.

"내가 굳이 저것들의 팔다리를 분질러 놓아야 좀 말귀를 알아 듣겠냐, 이 청성파 새끼야?"

방준명은 힐끗 그를 쏘아보았다.

"몇 번을 말해야 알아듣지? 내 이름은 방준명이라고 했다."

장칠의 입매가 위로 올라갔다. 조금 전과는 달리 섬뜩한 살기가 느껴지는 미소였다.

그러자 방준명이 어쩔 수 없다는 듯 한숨을 내쉬며 말했다.

"조금만 더 기다려다오. 내가 꼭 돌려보낼 테니."

장칠이 입가에 미소를 지우며 몸을 돌렸다.

"조금 후면 누가 올 건지 알지?"

그러자 방준명의 얼굴이 딱딱하게 굳었다.

"그땐 나도 어떻게 될지 모른다."

그렇게 말하며 장칠은 더는 대화를 나눌 필요가 없다는 듯 홍한교 쪽으로 걸어갔다.

방준명은 그의 뒷모습을 향해 한숨을 푹 쉰 다음, 바로 장천수와 화매봉을 향해 몸을 돌렸다.

장칠과 홍한교는 청성파의 제자들이 돌아가기를 원했다. 도움은커녕, 방해만 된다는 게 그들의 판단이었다.

방준명이 생각하기에도 그랬다. 그러니 비도를 안내할 방준명 자신만이 남고 나머지는 돌아가라고 명했다.

대부분은 수긍하고 몸을 돌렸지만, 오직 둘 화매봉과 장천수만은 끝끝내 함께하겠다고 고집했다.

지금도 마찬가지였다.

"못 돌아갑니다. 차라리 죽이시지요, 사형."

방준명의 한숨이 길게 늘어진다.

"장 사제. 돌아가거라."

"대사형. 못 돌아갑니다."

"대체 왜 이러는 거냐? 저자들에게 받은 수모 때문이냐?"

장천수가 움찔거렸다. 이는 부러질 듯 악물리고, 꽉 쥐어진 주먹에서는 뼈마디가 비틀리는 소리가 울렸다.

청성일웅 장천수.

청성파가 자랑하는 최고의 기재이며, 후일 사천제일고수라고 불리게 될 거라는 찬사의 주인공.

그런 그가 장칠에게 손 한 번 쓰지 못하고 당했다. 일대

14

일의 승부였으면 또 모르겠다.

청성파 제자들 모두와 손을 맞춰 합공을 가했음에도, 장칠은 마치 애들 소꿉놀이하는 거냐는 듯이 가볍게 부수어 버렸다.

장천수로서는 평생 처음 겪은 치욕이었을 것이다.

장천수가 어렵게 입을 벌렸다.

"맞습니다. 하지만 아닙니다."

방준명이 물었다.

"무슨 뜻이냐?"

"치욕적이었습니다. 평생 잊지 못할 것 같습니다. 이 수모를 고스란히 되돌려 주고 싶습니다. 하지만 지금은 아닙니다. 제가 지금 되돌아가지 않음은 그 때문이 아닙니다."

"그럼 대체 무엇 때문이냐?"

장천수가 홍한교와 장칠 쪽을 바라보며 말했다.

"저들을 보고 싶습니다."

방준명도 장천수를 따라 고개를 돌렸다. 장천수의 목소리가 그의 귓속에 스며든다.

"남궁의 옥기린, 소림의 혈불, 무당의 취도, 사존부의 명곤, 패천성의 패봉. 다음 시대에 신주오존이라고 불리게 될 것이라는 다섯 명의 기재. 알고 계시지요?"

방준명은 살짝 고개를 끄덕였다. 그러자 장천수는 설명을 이어 갔다.

"그들 다섯의 이름을 처음 들었을 때, 전 코웃음을 쳤습니다. 아직 세상이 저, 청성일응 장천수를 알지 못해 그들 다섯과 함께 거론되지 않는 것이라 생각했습니다. 하지만…… 저들을 보니 알겠군요. 제가 세상을 몰랐습니다."

오만함을 갑옷처럼 두르고 살았던 장천수가 변하고 있다.

"대사형. 저는 저자들을 보아야겠습니다. 실력의 차이? 그런 건 세월과 노력으로 좁힐 수 있음을 알고 있습니다. 건방지다 하실지 모르겠지만, 전 자신 있습니다. 하지만 저자들은 세월과 노력으로 메울 수 없는 어떤 것이 있습니다. 어쩌면 혈불이나 취도라는 자들은 아마도 제가 저들에게 느낀 그 어떤 것을 가지고 있을지 모른다는 생각이 듭니다. 아니, 분명 그럴 것 같습니다. 그 막연한 어떤 것. 그게 대체 무엇인지를 저자들의 곁에 꼭 붙어서 지켜보며 알아내야겠습니다."

방준명이 말했다.

"그 어떤 것이라는 게 그렇게 중요한 것이냐? 네 목숨보다?"

"목숨보다 중요한 게 어디 있겠습니까? 다만, 목숨을 걸어 볼 값어치가 있다는 것이지요."

장천수는 그렇게 말하며 씨익, 하고 웃었다. 담백한 느낌의 미소였다.

방준명은 찬찬히 그를 바라보며 살짝 고개를 끄덕였다.

"변했구나."

좋은 변화였다. 청성파에게 닥친 몇 번의 시련이 청성일
웅 장천수라는 굳어 있던 틀을 깨라고 강요했나 보다. 하
지만 사람은 그렇게 쉽게 변하지 않는다. 몇 번 더 깨어지
고 부서지고서야, 자신이 진정 원하는 모습을 찾을 수 있
겠지.

그렇다고 해도 나쁘지 않은 변화였다.

'그렇다면 난?'

알 수 없었다.

아직 불어오는 바람에 갈대처럼 이리저리 쓸려 다니고
있으니.

방준명은 머리를 비우고, 화매봉에게로 고개를 돌렸다.

화매봉은 기다렸다는 듯이 말했다.

"전, 대사형과 함께하겠습니다."

"왜?"

"대사형과 함께하고 싶으니까요."

"알았다."

방준명은 돌아섰다. 너무도 쉽게 수긍하는 것이 이상한
지, 화매봉이 방준명의 등을 향해 외치듯 말했다.

"제가 왜 대사형과 함께하고 싶은지 안 궁금한가요?"

"조금도 궁금하지 않다. 어차피 이해할 수 없을 터이

니."

"대사형!"

"넌 죽은 사매를 따라가고픈 나의 마음을 이해할 수 있느냐?"

화매봉의 눈가에 물방울이 맺힌다.

방준명은 그 모습이 보기 싫다는 듯이 몸을 돌렸다.

"둘 다 나를 따라오거라."

그는 화매봉과 장천수의 대답을 기다리지 않고, 그대로 걸어가 장칠과 홍한교의 앞에 섰다.

장칠이 눈매를 좁혔고, 홍한교가 감았던 눈을 슬쩍 들어올렸다.

방준명은 호흡을 한 차례 가눈 다음, 가슴을 펴고 말했다.

"봤다시피 안 간다는군. 죽이든 살리든 마음대로 해."

장칠의 얼굴이 일그러졌다.

"좋아. 어디 마음대로 해 보지."

그 순간 홍한교의 입술이 벌어졌다.

"그러지 말고 그 녀석이 도착하면, 알아서 결정하라고 그래."

장칠은 머뭇거리다 다시 앉으며 말했다.

"그나저나 이 녀석은 왜 이렇게 안 오는 거야?"

"무슨 일이 있는가 보지. 걱정돼?"

장칠이 코웃음을 쳤다.

"걱정? 누굴?"

홍한교 역시 피식 웃음을 뱉었다.

"하긴."

그들의 대화를 듣고 있던 방준명과 화매봉의 얼굴 역시 딱딱하게 굳었다. 몽예를 거론하니, 눈앞에 생생하게 그의 모습이 떠오르는 까닭이었다.

사정을 알 수 없는 장천수는 영문을 알 수가 없어, 화매봉에게 물었다.

"그 녀석이라는 자가 대체 누구이길래 그러는 거냐?"

화매봉은 어찌 말할까 고민되는지, 입을 벌렸다가 다물었다가를 반복할 뿐이었다. 잠시 후 그녀의 입술을 비집고, 한겨울 북쪽에서 불어오는 바람처럼 차갑고 음산한 목소리가 흘러나왔다.

"그는, 저 둘을 합한 것보다 위험한 사람이에요."

장천수가 살짝 고개를 갸웃거렸다.

장칠과 홍한교를 합한 것보다 위험한 사람이라니. 잘 연상되지가 않았다.

그때였다.

"여어!"

장칠이 그렇게 외치며 손을 높이 든다.

모두는 장칠이 바라보는 쪽을 향해 고개를 돌렸다. 누군가 다가오고 있었다. 그 역시 손을 높이 들며 말했다.

"여어!"

예쁘장하게 생긴 청년이었다. 하얀 피부와 고양이를 연
상케 하는 동그랗고 큰 눈, 마른 체형. 여장을 한대도 미인
이라는 소리를 들을 것 같았다.

"저 사람이에요."

화매봉이 그렇게 말하며, 침을 꿀꺽 삼켰다.

장천수는 고개를 갸웃했다.

"저 사람?"

장칠과 홍한교를 합한 것보다 위험하다던?

'그게 바로 저 예쁘장한 놈이라고?'

너무 어이가 없어서 웃음조차 나오질 않는다.

귀한 집에서 예쁘게 자란 아이가 그대로 성장했다면 딱
저런 모습이지 않을까?

장천수는 방준명과 화매봉이 뭔가 착각을 한 모양이라
고 여겼다. 하지만 방준명과 화매봉은 살아 있는 귀신을
보았다는 듯이 긴장된 표정으로, 다가오는 고양이 눈의 청
년을 바라보고만 있었다.

그 사이 곁으로 다가온 고양이 눈의 청년은 장칠, 홍한
교와 눈인사를 나눈 후, 그제야 청성파의 일행을 보았다는
듯이 고개를 돌렸다.

"이게 전부?"

그러자 방준명은 침을 꿀꺽 삼켰다. 식은땀이 줄줄 흘러
내린다.

청년은 그런 방준명의 모습을 보며 씩 웃었다.

"뭘 그렇게 쫄아."

청년의 시선이 방준명을 지나쳐, 화매봉과 장천수에게
로 이어졌다.

그러더니 피식 웃는다.

"이거 참 뭐하자는 건지 모르겠네."

화매봉이 급히 말했다.

"사, 사정이 있었어요."

"사정?"

화매봉은 그가 도착하면 하려고 준비했던 말을 꺼내 놓
으려고 했다. 하지만 아무 말도 할 수가 없었다. 고양이 청
년의 시선이 자신에게 닿자, 머리는 하얗게 비어 버릴 뿐
이었다.

잠시의 시간이 흘렀다.

어느 순간 고양이 청년이 갑자기 히쭉 웃었다.

"어차피 기대하지도 않았어. 그냥 길 안내나 해."

그 말이 신호라도 되었다는 듯이 방준명과 화매봉은 안
도의 한숨을 길게 내쉬었다.

하지만 장천수는 이해할 수가 없었다. 저 예쁘장하게 생
긴 놈이 뭐가 그리 대단하다고 이러는 걸까?

장천수가 갑자기 물었다.

"당신, 이름이 뭐요?"

몸을 돌리던 청년이 뚝 멈추더니, 그를 향해 고개를 돌렸다. 그러며 부드럽게 웃었다.

"몽예. '하루살이'라는 뜻이지."

                    *   *   *

청성산은 전산과 후산, 그렇게 두 개의 산으로 이루어진다.

그중 전산이 바로 최초의 도교인 오두미도(五斗米道)의 발생지이며, 청성파 사백 년 역사의 근원지였다. 그리고 며칠 안에 강호의 암류 숭무정과 신검무제를 중심으로 뭉친 연합체 무제맹의 싸움이 벌어질 예정지였다.

하지만 몽예는 전산이 아닌, 후산의 초입에 서 있었다.

바로 그곳에 청성파의 비도 입구가 위치한 까닭이었다.

비도(秘道).

청성파 내에서도 아는 사람이 세 명이 넘지 않는 비밀스러운 통로.

그 길이 있기에 청성파는 철혈패왕의 급습을 받았음에

도, 제자 중 삼 할이 살아 내려올 수가 있었다.

그렇지만 이미 드러난 비도란 존재 가치가 없다.

피해야 할, 혹은 노려야 할 적이 이미 알고 있는 비밀스러운 통로라니.

그건 오히려 호랑이 아가리에 제 발로 걸어 들어가는 꼴이나 다름없었다.

하지만 몽예 일행을 안내하는 청성파의 제자 방준명은 자신했다.

"절대 들킬 리가 없소."

설득력이 없는 호언장담이었다. 하지만 방준명은 몇 번이나 확신했다.

"철혈패왕은 절대 비도를 알지 못하오."

"왜?"

그렇게 물을 때면 방준명은 굳게 입을 다물었다. 설명을 해 주기 싫어서가 아니라 그가 가진 유일한 끈이었기 때문이리라.

방준명이 몽예들에게 바라는 건 단 하나.

그들이 비도를 통해 거슬러 올라가 철혈패왕의 무리를 몰아내고, 청성산을 청성파의 손에 돌려주는 것.

그것이 몽예가 방준명에게 한 약속이기도 했다.

하지만 방준명은 그 약속이 완수될 거라고는 생각하지 않았다. 물론 몽예가 어떠한 존재인지는 안다.

신주사존 중 검선과 혼제를 연파한 무인!

자신이 보았던 대로라면, 몽예야말로 현 천하의 제일고
수일 것이다.

하지만 혼자의 힘으로 할 수 있는 건 한계가 있다. 그에
게 장칠과 홍한교라는 엄청난 실력을 지닌 두 명의 동료가
있지만, 그래도 무리였다.

그러니 방준명이 바라는 건 그저, 그들이 비도를 올라가
철혈패왕의 무리를 급습하여 상당한 피해를 안겨 주었으
면 하는 것뿐이었다.

그러니 몽예의 마음이 바뀌어서는 안 되었다.

그게 방준명이 몽예와 그의 일행에게 비도의 안전함과
유용함을 장담하면서도, 그 이유를 설명하지 않는 까닭이
었다.

몽예는 굳이 캐묻지 않았다. 그저 유람 나온 사람처럼
방준명과 청성제자를 뒤따랐다.

몽예가 묻지 않으니, 장칠과 홍한교 역시 그리 신경 쓰
지 않았다. 그렇게 일행의 발길은 이어졌다.

그리고 앞뒤 사방을 구분할 수 없는 숲 한가운데 갇혔을
때야 비로소 안내인인 방준명의 발이 멈췄다.

그러더니 모두를 향해 말했다.

"내가 아는 건 여기까지외다. 나는 사실 비도를 모르
오."

이 무슨 뜬금없는 고백인가?

몽예일행뿐 아니라, 장천수와 화매봉조차도 당황스러웠다.

그의 고백이 이어졌다.

"다만 비도를 이루는 자를 알고 있을 뿐이오. 이제부터 그들의 안내를 받아야 할 것이외다."

몽예 일행 중 장칠이 모두의 심정을 대변하여 물었다.

"비도를 이루는 자? 사람이 있다는 건가?"

방준명은 잠시 고민한 후 답했다.

"사람이라기보다는 한때 사람이었던 자들이지."

그러며 입술을 오므리더니 휘파람을 길게 뿜어 올렸다.

＊　　　＊　　　＊

청성 후산은 사람이 살 수 없다. 산세가 너무나 험하고 거친 탓이다. 도무지 사람이 머물고 지낼 수 있는 환경이 아니다.

물론 사람이 모여 사는 곳에서만 사람이 살지는 않는다. 오히려 사람이 살 수 없는 척박한 환경만을 골라 거주지로 삼는 사람도 적지 않다.

세상에 뜻을 잃은 낙척거사와 사람의 틀을 벗어난 길을 가려는 기인이사, 사람으로서 해서는 안 될 짓을 한 것이

들켜 도망친 악인들.

하지만 그런 이들에게조차 청성 후산은 버틸 수 없는 환경이다. 하기에 청성 후산을 찾아 들어온 이들은 며칠을 채 버티지 못하고 내려오고 만다. 하지만 어디나 예외란 있다.

사람을 버린 자들이 아닌, 아예 사람이기를 포기한 이들.

넓고 높은 이 청성 후산에는 그런 이들이 존재한다. 단다섯 명에 불과하지만.

그들은 비인오도(非人五道)라고 불렸다.

그들이 서로를 그리 부른 건 아니다. 그들의 존재를 알고 있는 유일한 곳, 청성파가 그리 이름을 붙인 것뿐이다.

비인오도는 청성파에게 자신들의 안전을 약속 받은 대신, 필요한 시기가 오면 자신들의 영역을 통과하는 하나의 길을 안내하여 주기로 했다.

그것이 바로 비도의 정체였다.

그렇기에 비도는 고정되지 않는다. 비인오도가 마련해주는 길이 비도일 뿐이니, 그들이 마음먹기에 따라 길은 바뀐다.

이런 이유로 방준명은 적이 비도의 존재를 알 수 없다고 자신했던 것이고, 자신 역시 비도를 모른다고 말할 수밖에 없었던 것이다.

"이제 곧 비인오도 중 이 숲을 영역 삼은 이의 전갈이 올 것이오. 그의 이름은 모르오. 다만 전대 비도의 관리자셨던 사부께서는 그를 나안(懶犴)이라 부르라고 하셨소."

나안(懶犴).

'게으른 들개' 라는 뜻이다.

그 이름에 어울리려 함일까?

나안은 반 시진이 지나도록 모습을 드러내지 않았다. 물론 굳이 모습을 드러낼 이유까지는 없었다. 다만 방준명에게 약속된 방식을 통해 자신의 영역을 지나갈 길만 알려주면 되었다.

하지만 방준명의 무거운 표정으로 볼 때 그러지도 않는 모양이었다.

불편한 침묵 속에 일각이라는 시간이 더 흘렀다.

방준명의 이마에 식은땀이 흘렀다. 장칠의 표정이 험악해졌고, 홍한교의 숨소리는 낮게 가라앉았다. 하지만 그들보다는 몽예가 걱정이었다. 다행히도 몽예의 표정과 태도는 평소와 다르지 않았다.

시간이 길어지자, 방준명이 변명하듯 속삭였다.

"무슨 일이 생긴 건지도……."

장칠이 콧방귀를 뀌었다.

"비인오도란 놈들이 청성파와의 약속을 무시하는 건지도 모르지."

방준명이 차갑게 대꾸했다.

"그럴 리 없소."

"왜 그럴 리 없지?"

방준명은 입을 굳게 다물었다. 말할 수 없는 이유가 있다는 뜻이었다. 하지만 그의 눈빛은 비인오도는 결코 청성파와의 약속을 저버릴 리가 없다는 믿음을 담아 빛나고 있었다.

화매봉이 끼어들었다.

"그렇다면 혹시 철혈패왕의 수하들에게……?"

그랬을 수 있었다. 당시 방준명이 사제들을 이끌고 비도를 통해 탈출했을 때, 철혈패왕의 수하들은 이곳 후산의 초입까지 추적해 왔으니까.

그때 비인오도의 정체가 들켰을지도 모른다.

하지만 방준명이 들은 대로라면 비인오도는 다칠 수는 있어도 공격을 당해 죽기는 어려운 이들이었다.

그때였다.

"어이 거기. 그만 엿보고 그만 나오지?"

몽예의 목소리.

그는 유독 잎사귀가 우거진 나무를 바라보며, 귀찮다는 듯이 말을 이었다.

"네놈이 나안이지? 지켜볼 만큼 지켜봤잖아."

그 순간, 나뭇가지가 바스락거렸다. 이어 뭔가가 휙 하고 숲 저편으로 멀어져 갔다.

몽예가 방준명에게로 고개를 돌렸다.

"왜 저래?"

방준명은 영문을 알 수 없어, 그저 고개를 저었다.

"모, 모르겠소."

그러자 장칠이 나안이 사라진 방향을 향해 한 걸음 내디뎠다.

"다들 기다리고 있어. 내가 잡아 올게."

방준명이 말했다.

"무리다. 나안은 이 숲의 주인이야."

장칠이 가소롭다는 듯이 피식 웃었다.

"안남 밀림의 귀신이라고 불렸던 사람이 나야."

휘리리리릭.

장칠이 바람을 일으키며 숲을 향해 달려 나갔다.

'뭐지? 뭐, 뭐야!'

나안은 달렸다. 미칠 것 같았다. 청성파의 부름을 받았을 때는 그저 귀찮을 뿐이었다. 하지만 약속은 지켜야만 했다.

청성파가 무서워서가 아니다. 약조를 무시했다가는 나

중에 호선(虎仙)에게 무슨 짓을 당할지 모르기 때문이었다.

그러니 내키지 않는 마음을 억지로 다독이며, 게으른 들개처럼 어슬렁어슬렁 다가왔었다.

신호를 보내 자신의 영역을 가로지르는 길만 안내해 주고 안식처로 돌아올 셈이었다.

그런데, 보고 말았다.

괴물을!

'대체 뭐야, 저놈들은!'

이십 년 동안의 산 생활은 그의 본능을 짐승보다 날카롭게 다듬어 주었다. 그렇기에 가려진 것을 잘 알아볼 수 있었다.

청성파의 어린 도사들 곁에 있던 세 명의 청년.

무시무시했다. 무공 실력의 강약을 떠나, 존재 그 자체가 위험하다며 본능이 외쳐 댔다.

특히 그중 얼굴이 하얗고 고양이처럼 동그란 눈을 가진 청년!

괴물이다!

그런 것과 엮여서는 안 되었다. 아무리 청성파의 약속이 중요하다고 해도, 저런 괴물과 일행이라면 외면해야 마땅했다.

호선이라고 해도 이해해 줄 것이다. 아니, 이해하지 못한대도 할 수 없다.

그래서 발길을 돌리려고 했다.

그때, 그 괴물에게 기척을 들키고 말았다. 그 순간 나안의 머리는 하얗게 비어 버렸다, 오직 하나의 외침만을 남긴 채.

'도망쳐야 해!'

휘리리리리릭!

등 뒤로 바람이 갈리는 소리가 들렸다.

누군가 쫓아오고 있다.

나안은 이미 느끼고 있었다.

그 괴물의 일행이리라.

그러니 잡혀서는 안 되었다. 잡히지 않을 자신도 있었다.

나안은 이 숲의 주인이라고 자부했다. 다른 비인오도는 자신을 두고 게으른 들개라며 이죽거리지만, 허튼소리이다. 그가 게을러 보이는 건, 숲 밖으로 한 걸음도 나서지 않았기 때문이다. 대신 숲을 그만의 낙원으로 만들었다.

나안은 근처에 있는 나무 밑둥을 파고들었다. 뿌리 사이로 둥근 토굴이 모습을 드러냈다. 나안은 조금도 망설이지 않고 토굴 속으로 들어갔다.

그가 들어서는 순간 토굴의 입구는 무너져 내렸다. 나안은 지렁이처럼 몸을 꿈틀거려 앞으로 나아갔고, 그가 지나친 자리는 기다렸다는 듯이 무너져 그의 흔적을 지워 버렸다.

어느 순간 토굴의 출구가 모습을 드러냈고, 나안은 급히
몸을 빼어 냈다. 흙과 땀으로 뒤범벅된 그의 몸은 마치 마
른 나무 같았다.

나안은 거친 호흡을 가누며, 귀를 쫑긋거렸다. 들려오는
소리는 없었다. 주변에 사람의 것으로 여겨지는 기척도 느
껴지지 않았다. 하지만 안심할 수는 없었다.

나안은 훌쩍 몸을 날렸다. 내려선 곳이 움푹 내려간다.

늪이었다. 점점 그의 몸이 바닥으로 스며들고 있었다.
하지만 나안의 표정은 당연하다는 듯했다.

이미 늪이라는 것을 알고 있었기 때문이었다. 그는 마치
미꾸라지처럼 몸을 꿈틀거려 조금씩 앞으로 나아갔다.

그 사이 그의 몸은 점점 내려가, 거의 목까지 잠겼다.
어느 순간, 불쑥 그의 몸이 솟구쳤다.

지지대를 찾은 것이다. 늪에는 그만이 아는 지지대가 딱
열한 개가 있는데, 그중 하나였다.

그는 늪 안으로 스며들었다가 솟구치기를 반복하며 늪
속으로 깊숙이 나아갔다.

어느 순간 자욱하게 물안개가 깔린 지역에 이르렀고, 한
치 앞을 알아보기 힘들 정도로 짙어질 때쯤 나안은 멈췄
다. 그곳에 수백여 개의 나뭇가지가 엮인 움막 같은 것이
있었다.

그곳이 바로 그의 목적지였다.

"하아, 하아. 하아, 하아."

나안은 움막 안으로 기어들어 간 후, 대자로 드러누웠다.

이곳에서 오래 머무를 수는 없었다. 늪을 자욱하게 채운 물안개 속엔 장독(瘴毒)이 섞여 있기 때문이다.

나안은 장독에 대해 내성이 있기에 버틸 수 있지만, 그래도 닷새 정도가 한계였다.

그러니 한계인 닷새 후, 이곳을 벗어날 것이다.

그러면 그 괴물과 괴물의 일행들을 다시 마주할 일은 없겠지.

'살았다.'

안도하게 되니 슬며시 웃음이 났다.

그때였다.

번쩍!

머리 위쪽이 반으로 갈라지며, 그 사이로 검은 물체가 떨어져 내린다.

나안은 놀라 상체를 일으켰다. 하지만 그 순간 낯선 물체 하나가 그의 목에 닿았다.

순백색의 칼이었다.

칼을 따라 시선을 옮기자, 한 사내의 모습이 들어왔다.

괴물의 옆에 있던 자, 장칠이었다.

장칠은 자신을 바라보는 나안을 향해 히쭉 웃으며 말했다.

"들개가 아니라 쥐새끼 같더라."

＊　　　＊　　　＊

"약속대로 취원(醉猿)의 영역까지만 안내해 주겠소."

장칠에게 붙잡혀 온 나안이 미리 외워 두었다는 듯이 한 말이었다.

하지만 몽예는 가소롭다는 듯이 피식하고 웃음을 뱉었다.

"약속? 뭔 약속?"

나안이 당황스럽다는 듯이 말했다.

"처, 청성파와의 약속은 그게 전부요. 그렇지 않소?"

그가 고개를 돌려 방준명에게 동의를 구했고, 방준명은 고개를 끄덕였다.

"그렇지요."

몽예는 고개를 저었다.

"아니지. 그건 네놈이 도망쳤을 때 깨어진 거지. 붙잡혀 온 주제에 약속 운운하는 건 창피하지 않아?"

"하, 하지만……."

몽예는 가만히 나안을 노려보았다. 그러자 나안은 부들

부들 떨며, 고개를 푹 숙였다.

그러자 몽예가 손을 뻗어 그의 어깨를 툭 하고 두들겼다.

"죽이진 않아. 시키는 대로만 하면."

"뭐, 뭘 하면 됩니까?"

"우선 한 가지 묻자. 누구야? 너희를 청성파의 비도로 만든 게?"

방준명이 매섭게 나안에게 눈을 부라렸다. 아무 말도 하지 말라는 의미였지만, 나안은 눈치채지 못한 모양이었다.

나안은 조금도 지체하지 않고 한 마디를 뱉었다.

"호선(虎仙)."

"호선?"

호랑이 신선이라는 뜻이다.

나안이 부연하기 전에, 방준명이 어쩔 수 없다는 듯이 한숨을 내쉬며 나섰다.

"아니. 추양자(秋陽子)이시오."

그의 설명에 놀란 건, 몽예가 아니라 화매봉과 장천수였다.

"추양자이시라면?"

"대사형! 설마 태사조님을 말씀하시는 겁니까?"

방준명은 어쩔 수 없다는 듯 입술을 지그시 깨물며 고개를 끄덕였다.

추양자.

전전대에 사천제일의 고수라고 일컬어지던 사람이었다.

수십 년 전에 죽었다고 알려진 그가 아직도 살아 있었다
니.

"그는 어디에 있지?"

몽예가 묻자, 나안은 알 수 없다는 듯 고개를 저었다.

"호선은 일정한 거처가 없소. 영역도 두지 않소. 그가
이 산의 주인이기 때문이오."

"그럼 호선인지 추양자인지 그놈을 부르면 조사전까지
바로 갈 수 있겠네?"

방준명이 버럭 소리쳤다.

"그놈이라니! 말씀이 과하시오!"

몽예의 고개가 방준명을 향해 돌아갔다.

방준명은 몽예의 시선이 닿자, 마치 심장이 멈출 듯이
섬뜩한 기분을 느꼈다.

"불러내. 당장."

"뭐, 뭘 말이오?"

"추양자를."

第二章

　무신 진무도가 사라진 무렵엔 일곱 명의 절대자가 태어났다.

　신래칠존.

　그들은 다른 시대에 태어났다면 천하제일이라는 권좌에 오를만한 이들이었다.

　하지만 위로는 무신 진무도라는 절대적인 존재에 의해 가려졌고 동시대에는 경쟁해야 할 상대가 너무도 많았던, 비운의 인물들이라 할 수 있었다.

　하지만 그들을 동정할 수는 없었다.

　신래칠존의 화려한 등장에 묻혀 사라진 인물도 부지기수였으니.

추양자가 바로 그 대표적인 인물이었다.

그는 신래칠존이 등장하기 전까지 정도무림을 대표하는 고수였다. 하지만 우연히 만난 탈백사존에게 백여 합 끝에 패배한 후 그를 상징하던 천하제일검이라는 칭호는 검선의 것이 되었다.

그리고 시간이 흘렀고, 추양자는 소리 없이 사라졌다. 그의 부재를 안타까워하는 건 오직 청성파뿐이었다. 그리고 세월이 지나자, 청성파조차 그를 잊었다.

추양자.

그가 아직도 살아 있다니.

그 사실이 화매봉과 장천수에게는 큰 충격으로 다가왔다.

추양자는 신래칠존에게만 한 수 양보했던 고수 중의 고수.

화매봉과 장천수의 뇌리에 스친 생각은 이것이었다.

'그분이 전면에 나섰다면?'

철혈패왕의 급습을 받았을 때 그가 전면에 나섰다면, 어땠을까?

그래. 결과가 달라지지는 않았겠지. 하지만 청성제자의 희생을 좀 더 줄일 수는 있었을 것이다.

그런데 어째서 외면하셨단 말인가!

아니. 지금이라도 늦지 않았다.

몰락한 청성파를 다시 세우기 위해서는 구심점이 필요하다.

청성제일고수이며 사천무림을 상징하는 세 명의 무인 중 일인인 청운자가 존재한다지만, 그의 역량으로 새로이 청성파를 세워 올리기는 부족했다.

하지만 추양자가 나선다면 다르다.

눈치만 보고 있던 속가의 능구렁이들이 어쩔 수 없다며 몰려들 것이다.

추양자라는 이름은 분명 그러한 영향력을 갖추고 있었다.

이건 먹구름만 가득하던 청성파의 머리에 드리운 한 줄기 햇살이었다.

그러나 정작 청성파의 대사형인 방준명의 표정은 어둡기만 했다.

화매봉과 장천수의 뇌리에 당연한 의문이 떠올랐다. 자신들이 당장 생각한 바를 방준명이 모를 리가 없었다.

그러면 비도를 통해 사형제들을 이끌고 내려갈 때, 길의 안내를 은밀하게 건네받기 이전에 추양자에게 도움을 요청했을 것이다.

그런데 그러지 않았다, 내려오는 과정 중에 그의 연인이 죽었음에도.

추양자가 청성파를 돕기 위해 전면에 나설 수 없는 사정이 있는 것이 분명했다.

하지만 몽예만은 그런 것을 짐작하지 못하는지, 제 말을
거듭했다.

"못 들었어? 추양자를 불러내라고."

방준명은 입술만 깨물었다.

몽예가 피식 웃었다.

"비도가 길이 아니라 사람이라 할 때, 짐작했지. 비인
오도 중에 너희 청성파와 밀접한 자가 분명히 끼어 있다고
말이야. 세상에 구명줄을 남의 손에 맡기는 병신이 어딨
어? 바보가 아니고서야."

맞다.

비도는 최악의 순간을 가정한 퇴로이다. 청성파가 비인
오도를 어찌 믿고 그런 구명줄 역할을 맡길 수 있을까?

"우리 어렵게 돌아가지 말고. 추양자를 불러 가볍게 가
자. 혹시 부르는 방법을 몰라?"

그제야 방준명의 입이 열렸다.

"아오. 다만 나타나지 않으실 거요."

"왜?"

"그분은 세상을 잊으셨소."

몽예가 픽 웃었다.

"개소리."

순간 방준명의 눈매가 꿈틀거렸다.

42

"말씀이 과하시오."

"과해? 개소리를 개소리라고 하는데 뭐가 과해. 세상을 잊어? 그런 자가 청성파의 비도를 유지토록 한다? 그건 또 뭐야?"

"청성에게 받은 것을 되돌려주기 위한, 그분만의 보은 방식이라 여기시오."

"받은 것을 돌려준다? 받은 것을 잊고, 돌려줄 마음도 지워야지. 그래야 진짜 세상을 잊었다 하지 않을까?"

방준명은 입을 굳게 다물었다. 맞다. 그러니 반박할 말을 찾을 수가 없었다. 하지만 어찌 되었든 간에 추양자는 부름에 답하지 않을 터였다.

몽예는 아쉽다는 듯이 입을 다셨다.

"그럼 어쩔 수 없지. 나안이라고 했지? 안내해."

나안이 주저하며 물었다.

"전 취원의 영역까지만……."

몽예가 살짝 미소를 지으며 고개를 꺾었다. 장난을 치기 전의 아이 같은 표정이었다.

하지만 나안에게는 위협적으로 다가오는지, 그는 몽예의 시선을 피하고자 고개를 푹 숙였다.

"아, 알았습니다. 근데 맹복(盲蝠)의 영역은 지나치기 힘들 겁니다."

"왜지?"

"죽었습니다. 청성 전산을 차지한 놈들에게."

*　　　*　　　*

비인오도 중 두 번째의 영역을 차지한 취원 역시 나안처럼 도주했다가 장칠의 손에 잡혀 왔다. 그 이후의 태도 또한 나안과 다르지 않았다.

목줄이 감긴 짐승이라고 할까? 아니면, 아랫도리를 떼인 환관 같다고나 할까?

마치 오래전부터 몽예를 시봉했던 종자처럼 공손하게 굴었다.

몽예에 대한 아는 바가 없는 장천수는 그들의 태도를 이해할 수 없었지만, 다른 이들은 모두 당연하다는 듯이 받아들였다.

"이제 곧 맹복의 영역입니다."

안내하는 취원은 긴장된 목소리로 말했다. 그는 취한 원숭이라는 별명처럼 코가 붉고 팔이 땅에 닿을 듯이 길었다. 타고난 신체 조건이 그런 것 같지는 않았다.

성취가 높을수록 몸의 형태가 바뀌는 무공을 익힌 탓일 것이다.

그는 장대처럼 긴 팔을 들어 올려, 한 방향을 가리켰다.

"저곳에 동굴이 있습니다. 그곳을 지나면, 절벽에 이르죠."

그때 방준명이 속삭였다.

"낙안애."

취원이 고개를 끄덕였다.

"그렇습니다. 저 동굴에서 낙안애까지가 맹복의 영역이지요. 하지만 며칠 전 놈들이 갑자기 나타나 맹복을 죽이고 장악했습니다."

놈들이란 숭무정을 말함이리라.

몽예가 물었다.

"왜지?"

하나의 질문으로 두 가지를 묻는 것이다.

지금까지 방치해 두던 놈들이 왜 며칠 전 갑자기 나타나 맹복을 죽였는지, 그리고 다른 비인오도의 영역은 내버려두었는데 오직 이곳만은 차지한 이유.

취원은 바로 알아듣고 답했다.

"놈들이 왜 갑자기 나타났는지는 저도 모르겠습니다. 하지만 이곳을 차지한 이유는 뻔하지요. 이곳을 지나지 않고서는 청성 전산에 이를 수 없거든요."

그제야 알겠다는 듯이 몽예가 고개를 끄덕였다.

"여기만 막으면 비도는 쓸모없는 거다?"

"그렇습죠."

"알았다. 그럼 가자."

취원이 머뭇거렸다. 그러다 조용히 말했다.

"맹복이 청성 전산에 오르기 전에 불리던 이름을 압니다. 흑산혈복(黑山血蝠)이었지요."

그 말에 나안이 놀라 외쳐 댔다.

"뭐? 흑산혈복? 맹복이 흑산혈복이었다고?"

나안의 반응이 심상치 않기에 몽예가 물었다.

"흑산혈복이 누군데?"

나안이 놀람을 감추지 못하며 떨리는 목소리로 답했다.

"이십 년 전까지는 사도 쪽에서 열 손가락 안에 드는 고수이었지요. 사존부의 눈 밖에 나서, 두 눈을 빼앗기고 도망쳤다고 들었습니다. 그랬구만. 맹복이 그였어."

몽예가 알겠다는 듯이 취원을 향해 고개를 돌렸다.

"그러니까 저 안에 있는 놈들이 그 대단한 흑산혈복을 죽였을 정도로 위험한 놈들이라는 거지?"

"경계하시라 말씀드린 겝니다."

"넌 내가 누군지 알아?"

취원이 고개를 저었다.

"모릅니다."

"모르니까 그런 말을 하는 거야."

그렇게 말하며, 몽예는 취원의 어깨를 가볍게 두들겼다. 그리고 지나쳐 앞을 향해 걸어갔다. 그의 양옆으로 장칠과 홍한교가 따라붙는다.

"좀 지루했지?"

장칠이 그렇게 말하자, 몽예가 미소 지었다.

"심심하긴 했지."

그때 홍한교가 퉁명스레 말했다.

"나만 했을까?"

장칠과 몽예가 그를 향해 고개를 돌렸다. 홍한교가 해왕검을 집어 들었다.

"그러니 내 차지야."

그렇게 말한 후, 홍한교는 먼저 앞으로 달려갔다. 그의 등 뒤로 남겨진 장칠과 몽예는 서로를 돌아보며 어깨를 으쓱했다. 경험상 홍한교가 저리 나오면 말릴 수가 없다는 것을 알고 있기 때문이었다.

이제부터 동굴 안에 있는 놈들은 파도를 경험할 것이다. 자신의 동료들을 제물로 삼아 거침없이 퍼부어 댈, 피의 물결을!

＊　　　＊　　　＊

철혈성의 성주라는 직위는 실질적인 권력이 거의 없다. 철혈성의 실질적인 지배자는 철혈칠로이고, 성주라는 직위는 그들을 대리하여 일정 기간 동안 철혈성을 이끄는 자리에 불과하기 때문이다.

그렇기에 철혈성의 성주는 자주 바뀐다. 십 년에 가까운 세월동안 철혈성의 성주 직위를 유지한 건 철혈패왕이 유일했다.

철혈칠로의 앞잡이 노릇을 잘하였기 때문이 아니었다. 철혈칠로조차도 철혈패왕만은 함부로 건드릴 수 없었기 때문이다.

이대로 몇 년이 더 흐른다면, 철혈패왕은 철혈칠로와 그들의 권속을 몰아내고 철혈성의 진정한 주인이 될 수도 있을 것이라고 예상되었을 정도였다.

실제로 그렇게 되었을 것이다, 철혈패왕의 진정한 정체가 숭무정의 팔괘무신 중 풍뢰무신이 아니었다면.

그리고 그가 원하는 바가 철혈성의 몰락이 아닌, 지배였다면.

철혈패왕은 사천혈사를 계획하며 철혈성주로서의 탈을 벗어 던질 때가 왔다고 여겼다.

그렇기에 철혈성을 떠나기 전에 미리 챙길 수 있는 건 모조리 챙겼다.

그가 철혈성에서 가져온 건 세 가지뿐. 하지만 그것만으로 철혈성의 삼 할을 얻었다고 봐야 했다.

그 세 가지 중 하나가 바로 맹복, 그러니까 흑산혈복을 죽이고 동굴을 장악한 집단, 추혈단이었다.

추혈단(追血團).

인원수가 고작 백 명에 불과하지만, 철혈성의 전력 중이 할에 해당한다는 최강의 전투 집단.

추혈단은 철혈칠로의 가장 큰 힘이요, 손과 발이었다.

철혈칠로가 시키는 건 무슨 짓이든 했으며, 실패하는 적이 없었다.

그렇기에 추혈단 출신은 철혈성 내에서 가장 빠르게 출세했으며 요직 대부분을 차지했다.

그러니 철혈성에서 추혈단원이 된다는 건, 머지않은 미래에 간부가 된다는 뜻이나 다름없었다.

그런 그들이 철혈칠로를 배신하고 철혈패왕을 따를 줄이야.

대체 왜 추혈단은 철혈패왕을 따르게 된 것일까?

'힘! 그리고 미래.'

철혈패왕은 그들에게 솔직하게 접근했다. 자신의 숨긴 신분과 숭무정의 정체, 그리고 무림일통의 야망까지!

그건 만약 추혈단이 자신의 제안을 거부했을 시 추혈단을 몰살시키겠다는 뜻이었으며, 거부할 수 없을 것이라는 자신감이기도 했다.

추혈단의 고민은 짧았다. 철혈패왕의 얘기대로라면, 그들의 미래를 보장해 줄 철혈성은 존재할 수 없었으니.

추혈단은 철혈패왕에게 충성을 맹세했고, 철혈칠로의 손발로써 궂은일을 하던 당시보다 더욱 열성적으로 명령을 따랐다.

　추혈단은 숭무정의 입장에서 보면 굴러들어 온 돌이었다. 그러니 박힌 돌을 빼어 낼 수는 없더라도 비슷한 대우를 받으려면 단시간에 많은 공적을 쌓아야만 했다.

　과거 청성파를 급습했을 때, 추혈단은 가장 큰 활약을 보였다. 그리고 비도를 통해 도주하는 청성제자들을 끝까지 추적한 것도 바로 추혈단이었다.

　하지만 추혈단의 명성에 걸맞지 않게 상당수의 청성제자가 탈출하고 말았다.

　추혈단의 입장에서는 뼈아픈 실수였다.

　철혈패왕은 괜찮다고 했지만, 내심 잊지는 않았던 모양이었다.

　이런 하찮은 임무를 맡기었으니 말이다.

　'이제야 올라오는군.'

　추혈단 육대의 대장 반유붕은 동굴 입구 쪽에서 접근해 오는 기척을 느끼며 눈살을 찌푸렸다.

　'더럽게 느리게도 움직이는구만, 청성파 놈들.'

　며칠 전이었다.

　숭무정은 무제맹 내에 심은 간자가 보내온 전서 중 청성파의 제자들이 비도를 통해 잠입을 시도할 것이라는 정보가 끼어 있었던 모양이다.

고작 이대와 삼대제자 서른 명 정도란다.

그렇다면 신경 쓰지 않아도 될 숫자였다.

그런데도 불구하고 철혈패왕은 추혈단에게 비도에 은신하여 청성제자들을 제거하라고 명령했다.

자존심이 상하는 일이었다.

하지만 전날의 실수가 있었기에, 거부할 수는 없었다.

추혈단은 내키지 않는 걸음을 옮겨 바로 이곳 동굴에서 낙안애를 장악했다. 그리고 청성제자가 어서 도착하기만을 기다렸다.

재빨리 임무를 완수하고 돌아갈 생각이었다.

그런데 청성제자 놈들은 느리기도 너무 느려 이제야 도착했다.

더욱이 느껴지는 기척을 보니 숫자가 몇 되지 않는다.

'최소 서른은 넘는다고 하지 않았던가?'

그 사이 무슨 일이 있었던 모양이다.

어찌 되었건 화가 났다.

이 정도면 굳이 이 동굴에 잠복할 필요도 없었지 않은가!

'이런 젠장!'

반유붕은 잠복해 있던 장소에서 그대로 몸을 일으켰다. 근처에 은신해 있는 그의 대원 아홉 명 역시 누가 먼저라고 할 것 없이 자리에서 일어섰다.

본래 추혈단만의 신호 방식인 추혈호각을 통해 대화를 나누어야 하지만, 반유붕은 육성으로 외쳤다.

"빨리 끝내고 돌아가자."

추혈단 육대의 대원들은 알았다는 듯이 고개를 끄덕인 후, 입구 쪽으로 어슬렁 걸어갔다.

본래대로라면, 청성제자가 도착했다는 것을 안쪽 깊숙이 잠복해 있는 다른 추혈단 대원들에게 신호로 알려야만 했다.

하지만 그럴 필요가 없어 보였다.

알아서 마무리 짓고 나서, 돌아가자는 신호를 보내면 되리라.

동굴 입구 쪽에서 들어온 사내가 추혈대 육대 열 명을 보더니 걸음을 멈췄다.

반유붕은 사내를 보고 피식 웃었다.

나타난 사내가 손에 제 키만 한 커다란 검을 들고 있는 게 가소롭기 때문이었다.

이 동굴의 입구는 넓은 편이었지만, 계속 나아갈수록 좁고 복잡해진다.

그러니 저런 커다란 검은 방해만 될 뿐이었다. 그런데 저리 자랑스럽다는 듯이 들고 있으니.

이 강호 바닥에서 같이 밥을 먹고 살고 있다는 게 수치

스럽다는 생각이 들 정도이다.

"힘 좀 쓰나 보지?"

반유붕은 커다란 검을 들고 다가오는 사내, 홍한교에게 그렇게 말했다.

그러자 홍한교는 추혈단원을 찬찬히 둘러본 후 대꾸했다.

"너희 열 놈이 전부는 아니겠지?"

'이놈 봐라?'

반유붕의 미소가 짙어졌다. 귀엽게도 군다 싶었기 때문이었다. 그런데 복장이나 무기로 봐서는 청성파의 제자가 아닌 것 같은 게 마음에 걸렸다.

하지만 청성제자이든 아니든 그게 무슨 상관인가.

우선 죽이고 보자.

반유붕은 손가락 두 개를 까닥거렸다.

그러자 조원 둘이 쏜살같이 홍한교를 향해 튀어 나갔다.

그 순간 반유붕은 눈을 감았다. 다시 눈을 떴을 때는 홍한교가 반으로 나뉘어 있을 것이다.

"커허허헉!"

"아악!"

어라?

'비명이 하나가 아니라 둘?'

더구나 소리가 익숙하다.

반유붕은 급히 눈을 떴다.

홍한교는 그가 눈을 감았을 때와 같은 모습으로 서 있었다.

그의 앞, 자신의 대원들이 보였다. 각기 두 쪽으로 분리되어 있었다.

대체 그 찰나의 순간에 무슨 일이 벌어진 거지?

홍한교가 시체 사이를 지나쳐 그들을 향해 걸어왔다.

"너희 여덟 명이 전부는 아니지?"

반유붕은 그제야 홍한교가 상당한 실력자라는 사실을 깨달았다. 하지만 결과가 달라지지는 않을 것이다.

"사추망(四麤莽), 이미혈(二味血), 소사(掃射)."

추혈단의 집단전법의 암어(暗語)이다.

추망은 적을 끌어들이라는 뜻이고, 미혈은 목숨을 바쳐 적의 움직임을 막으라는 의미이며, 소사는 끌어들인 적을 추혈단만의 투사병기 추혈조를 뿜어 고슴도치로 만들어 버리라는 명령이었다.

추혈단이 고수를 상대할 때 주로 사용하는 전법이었다.

그러자 추혈단 육대 대원 중 넷이 튀어 나갔다.

순간 홍한교가 기다렸다는 듯이 제 키만 한 해왕검을 높이 들어 올렸다. 동시에 해왕검의 검신에서 검기가 흘러나와 물결처럼 일렁였다.

콰아아아아아아아!

검기가 사방으로 터져 나가며 튀어나온 넷을 향해 밀려 들었다.

놀란 추혈대원은 각자의 무기를 마구 휘둘러 검기의 물결을 막으려 했다.

하지만 검기의 물결은 그들을 나누고 가르며, 뒤쪽에서 추혈조를 꺼내고 있던 나머지 추혈단원들을 향해 이어졌다.

놀란 반유붕이 몸을 뒤로 날리며 외쳤다.

"피해!"

하지만 이미 늦었다. 그를 제외한 셋이 물결에 휩싸여 조각이 나고 있었다.

반유붕은 잠시 사이 죽어 버린 대원들의 시체를 둘러본 후, 자신을 향해 걸어오는 홍한교에게 시선을 멈췄다.

홍한교가 말했다.

"설마 네가 마지막인 건 아니지?"

반유붕은 급히 품을 뒤져, 손가락만 한 목통을 꺼냈다. 추혈호각이라는 것으로, 그것에 입김을 불면 추혈단만이 알아들을 수 있는 신호를 보낼 수 있었다.

그러자 홍한교는 걸음을 멈추었다. 마치 동료가 있으면 다 데려오라는 듯했다.

반유붕은 두려움과 분노가 반반 섞인 심정으로 추혈호각에 입술을 가져다 댔다.

그때, 홍한교의 옆에서 뭔가가 튀어나왔다.

반유붕은 놀라 칼을 뽑아 들었다. 하지만 이미 늦었다. 고통이 일었고, 그는 자신이 공중에 떠 있는 것처럼 느껴졌다.

어지러운 시야 속에 목이 달아난 시체가 보인다.

반유붕은 그것이 자신의 몸임을 알아볼 수 있었다. 그가 세상에서 본 마지막 광경이었다.

홍한교는 갑자기 튀어나와 반유붕의 목을 가른 사내를 노려보았다.

장칠이었다.

"이게 무슨 짓……."

장칠은 홍한교가 말을 마치기 전에 동굴 속으로 뛰어 나갔다.

"먼저 차지하는 게 임자지!"

장칠이 남긴 말이 화가 나는지, 홍한교는 송곳니를 드러내며 그의 뒤를 쫓아 달려 나갔다.

둘이 사라진 자리, 잠시의 시간이 흐르고 몽예와 청성제자들, 그리고 나안과 취원이 들어섰다.

몽예는 시체들을 둘러보며 혀를 찼다.

"애들도 아니고. 쯧쯔쯔. 안 그래?"

하지만 아무도 대꾸하지 않았다. 오히려 무거운 신음을 흘릴 뿐이었다.

애들은 절대 이런 광경을 만들어 낼 수 없으니.

*   *   *

추혈단은 열 개의 대로 나뉜다. 그중에서 십에서 육, 도합 다섯의 대가 이 동굴의 통로에 은밀히 배치되어 있었다. 그리고 나머지 다섯 대는 낙안애 위에 머물러 있었다.

그것이 다행이었다.

추혈단에게는 말이다.

장칠과 홍한교는 앞서거니 뒤서거니를 반복하며, 동굴을 질주했다.

튀어나오는 적은 베어 죽이고, 숨어 있는 적은 찾아내 죽였다.

아이처럼 치졸한 경쟁이었지만, 그들을 상대하는 추혈단의 입장에서는 고도의 합격진이라고 여겨졌다.

그럴 수밖에 없었다. 장칠과 홍한교는 자신의 무공을 서로에게 개방하고, 검선과 혼제가 준 비전을 교류하며 익혔다. 때문에 짧은 시간 동안 많은 발전을 이룰 수 있었다.

그뿐만 아니라 서로에 대한 믿음과 이해가 깊어져서 투로와 초식을 넘어서 임기응변의 변초까지도 예상할 수 있을 정도였다.

그러니 그들은 마치 한 몸처럼 움직일 수가 있었다.

그건 장칠과 홍한교에게 상당한 즐거움을 주었다. 하지만 그들을 상대하는 추혈단에게는 공포였고, 죽음으로 다가왔다.

하지만 동굴의 삼분의 이까지 진입했을 때쯤, 장칠과 홍한교는 걸음을 멈춰야 했다.

더는 죽일, 아니 조각낼 적이 보이지 않기 때문이었다.

지금까지 그들의 손에 조각난 추혈단원은 삼십 명.

잠시 사이, 육, 칠, 팔, 그렇게 세 개의 대가 사라진 것이다.

하지만 동굴 안에 숨어 있던 추혈단원은 모두 오십 명으로, 구대와 십대도 있었다.

그들 이십 명이 사라진 것이다.

장칠과 홍한교는 그러한 사실까지는 모르지만, 뒤편에 위치한 자들이 바깥으로 도주하는 기척을 느끼긴 했다.

이제 싸움이 끝이 난 걸까?

조금 후 뒤따라온 몽예는 아니라는 듯이 말했다.

"진퇴의 결단이 빠른 놈들이야. 제법 싸울 줄 안다는 거지. 이 통로 바깥이 절벽이라고 했지?"

그렇게 묻자, 나안이 답했다.

"예? 예. 나, 낙안애라고 합니다."

그는 이제는 염라대왕 앞에 선 죄인처럼 굴었다. 하지만 그의 비굴함을 비웃는 사람은 아무도 없었다. 장칠과 홍한교의 손에 참혹하게 조각난 추혈단원을 보았다면 그 누구라도 나안처럼 굴었을 것이니.

몽예는 알았다는 듯이 고개를 끄덕였다.

"거기서 끝장을 보자는 계획인 것 같은데……."

몽예는 동굴의 통로 저편을 노려보며, 입가에 비웃음을 그렸다.

"우리야 좋지 뭐."

그의 눈동자는 즐겁다는 듯이 새파랗게 빛나고 있었다.

*   *   *

추혈단은 죽으면 죽었지, 적을 앞에 두고 등을 돌리지 않는다.

그렇기에 철혈성 제일의 전투 집단이라 불릴 수 있었다.

물론 세 개의 대가 몰살당했다는 것.

엄청난 피해였다.

하지만 고스란히 돌려줄 수 있다.

'언제나처럼.'

그것이 추혈단주 지한월의 생각이었다.

지한월이 구대와 십대가 날린 신호를 받았을 때는 이미 육, 칠, 팔대가 조각이 되어 사라진 이후였다.

지한월은 그들의 죽음에 분노하기보다는 냉정히 판단하

려 했다.

'청성파는 분명히 아니겠군.'

청성파 놈들이라면 이런 짓을 할 수가 없다. 살아남은 청성파의 장로급 인사들이 다 몰려왔다고 해도 불가능하다.

그건 실력 이전의 문제였다. 이런 은밀하고 쾌속한 싸움은 무공 실력의 높고 낮음과 관계가 없다.

살아온 방식에 관한 문제이다.

어떤 놈들인지는 아직 모른다.

다만 사납고, 위험하며, 음흉한 놈들이라는 건 알겠다.

'우리 같은 놈들이라는 거지.'

지한월의 입가에 사나운 미소가 어렸다.

결정을 내려야 한다.

위에 침입자가 있음을 알리고 지원 병력이 도착할 때까지 기다리느냐.

아니면, 추혈단 선에서 처리하느냐.

이곳이 철혈성 내라면 분명 지원을 요청했을 것이다.

하지만 지금은 달랐다.

철혈성을 배신하고 철혈패왕의 수족이 되기로 선택한 이상, 이전의 공적과 명성은 발판이 되어 주지 못한다.

새로이 공적을 쌓음으로써 추혈단이 지닌 가치와 필요성을 각인시켜야만 했다.

분명 위험한 놈들이지만, 숫자가 열을 넘지 않는다고 했다.

그러니 결론은 나왔다.

'우리 선에서 처리하자.'

지한월은 입을 오므렸다.

아무런 소리가 들리지 않지만, 비도 곳곳에 숨어 있는 추혈단원들은 모두 들었을 것이다.

신호의 의미를 알기에 추혈단원들의 눈동자는 살기를 담아 번들거렸다.

*　　　*　　　*

멀리 둥근 원이 보인다.

동굴의 통로가 끝났다는 뜻이었다. 이제부터는 절벽을 거슬러 올라가야 한다는 신호이기도 했다.

통로의 출구는 삼백 장 높이의 절벽, 낙안애의 삼분의 이 정도 높이에 위치해 있었다.

낙안애는 청성 전산과 청성 후산의 경계점. 그러니 청성 전산으로 가기 위해서는 낙안애 절벽을 기어올라야만 했다.

무려 이백여 장이나!

'결국, 여기에 왔군.'

가장 뒤편에서 몽예 일행을 따르는 청성제자들의 눈시울이 갑자기 붉게 물들었다.

낙안애에 이르자, 철혈패왕에게 급습을 받았던 그날의 참상이 떠오르는 까닭이었다. 바로 이곳에서 도주하던 청성제자들이 가장 많이 죽었다. 그러니 생각을 하지 않으려고 해도 떠오를 수밖에 없었다.

더구나, 방준명은 유독 그랬다. 바로 이곳에서 그의 연인이 죽었으니.

방준명은 조금 전까지만 해도 홍한교와 장칠의 손에 조각이 나 버린 적들의 죽음을 동정했었다. 하지만 지금은 그랬던 자신을 후회했다.

몽예의 말마따나 즐겼어야 했다.

사매를 위해.

이곳에서 죽은 사형제들을 위해!

가장 앞쪽에서 걷고 있는 몽예의 목소리가 들려온다.

"역시 저 바깥쪽에 놈들이 꽤 깔려 있어."

장칠의 목소리가 흘러들었다.

"그러네. 이것 봐라. 꽤 모였는데? 한 육십은 되겠어."

그러자, 몽예가 답했다.

"아니. 일흔이야. 열 놈은 제법 기척을 숨길 줄 알아."

홍한교가 말했다.

"이번에는 네가 나설 셈이냐?"

몽예가 웃음기를 담아 말했다.

"원한다면."

그러자 홍한교는 대답하는 대신 해왕검을 뽑아 들었다.

몽예가 옆으로 비켜서며 걱정된다는 듯 말했다.

"만만치 않은 놈들이야. 다칠 수 있어."

홍한교가 당치 않다는 듯이 피식 웃으며 앞으로 나아갔다. 그러더니 몽예의 어깨에 해왕검을 툭 한 번 건드린 후, 앞으로 달려 나갔다.

빛이 쏟아져 들어오는 출구는 달려 나오는 이를 반갑다는 듯이 맞이하고 있었다.

＊　　　＊　　　＊

추혈단원은 몽예가 있는 동굴을 둥글게 감싼 채, 마치 거미처럼 낙안애에 붙어 있었다.

동굴 안으로 진입할 필요는 없었다. 대신 기다리면 되었다. 동굴 안의 통로는 비좁아 한 번에 한 명밖에 나올 수가 없었다. 그러니 나오는 놈을 노려서 제압한다.

그리고 사로잡은 놈들을 방패 삼아서 동굴 안으로 진입하는 것이다.

그게 추혈단의 방식이었다.

적의 감정을 건드린다. 동료애를 방패로 삼고, 동정심과 당황함을 틈으로 만들어 공포를 무기로 찌른다.

더러운 싸움 방식이다. 하지만 그런 방식을 통해 추혈단은 항상 이겨 올 수 있었다.

이번도 다르지 않았다. 어떤 놈들인지는 모르지만, 추혈단을 건드린 대가를 혹독하게 치를 것이다.

'나온다!'

추혈단주 지한월은 벽에서 오른손을 떼어 내 손가락 세 개를 폈다.

삼대가 나서라는 신호였다.

삼대가 이런 더러운 일에 가장 익숙하고, 잘하니까.

지한월의 신호를 받은 삼대는 저마다 앞으로 기어 나와 갈고리와 같은 모양의 병기를 손가락에 끼었다.

추혈조라고 이름 붙인 추혈단원만의 독문병기였다. 그것으로 튀어나온 상대의 몸을 꿰어 버릴 셈이었다.

휘익!

나온다.

홍한교였다.

이 순간을 기다렸던 삼대는 먹이를 노리는 거미떼처럼 절벽을 기어 다가갔다.

그 순간 홍한교가 한 손에 쥔 해왕검을 들어 올렸다.

해왕검의 검신 위로 바다를 닮은 푸른빛이 일어나며, 거칠게 휘몰아치기 시작했다.

해왕십삼파!

해남파가 자랑하는 최고최강의 절학!

콰콰콰콰콰콰콰!

해왕십삼파의 물결이 파도처럼 밀려나와 삼대를 휩쓸었다.

"으아아아아아아악!"

해왕십삼파의 물결에 휩쓸린 추혈단 삼대 열 명 중 여섯 명이 잘리고 부서진 파편이 되어 절벽 아래로 떨어진다.

살아남은 삼대의 네 명은 멍하니 굳어 있었다.

홍한교는 갑자기 빠르게 절벽을 박차고 튀어나와 네 명 중 하나를 해왕검으로 갈라 버리고, 또 하나의 등에 검을 꽂아 넣었다.

퍽!

그제야 홍한교는 떨어졌던 발과 왼팔을 절벽에 붙인 후, 오른 팔을 당겨 해왕검을 빼낸다.

그러자 해왕검에 박혀 있던 추혈단 삼대의 대원이 끈 떨어진 연처럼 그대로 절벽 아래로 사라졌다.

눈 한 번 깜짝할 사이에 벌어진 일이었다. 그 누구도 예상할 수 없었던 광경이었고, 그랬기에 마치 시간이 멈추기라도 한 것처럼 모두가 굳어 있었다.

홍한교가 갑자기 살아남은 삼대의 대원 두 명 중 하나에게 나아가 거칠게 목을 비틀어 잡더니, 그대로 방향을 틀어 동굴 쪽으로 기어갔다.

그제야 추혈단주 지한월은 깜짝 놀라 외쳤다.

"쫓아! 이대! 나서라!"

이대의 대원 열 명이 부리나케 앞으로 튀어 나갔다. 하지만 그 사이 홍한교는 잡고 있는 삼대 대원과 함께 동굴 안쪽으로 사라져 버렸다.

이대의 대원이 동굴 근처에 이르렀을 때, 동굴 안쪽에서 고막이 찢길 정도로 날카로운 비명이 터져 나왔다.

"으아아아아아아아아아아악!"

뒤이어 동굴의 입구에서 핏물이 쏟아져나왔고, 썰린 살덩이가 쏟아졌다.

마지막으로 빠져나온 건 입을 쩍 벌린 삼대 대원의 머리통이었다.

동굴 안으로 진입하려던 이대의 대원들은 그대로 굳어 버렸다.

잠시 후, 동굴의 안쪽에서 핏물에 흠뻑 젖은 손 하나가 불쑥 튀어나왔다.

팔목을 위에서 아래로 천천히 흔들며 손짓한다.

어서 들어오지 않고 뭐하냐는 것처럼…….

하지만 이대 대원은 그 누구도 움직이지 못 했다.

*   *   *

청성제자와 나안, 취원은 입을 쩍 벌린 채 동굴 안으로 돌아온 홍한교를 멍하니 바라보았다. 그가 보였던 일련의 행위는 충격적이었다.

고수임은 알았지만, 이 정도일 줄은 꿈에도 생각지 못했다. 청성제일고수인 청운자라고 해도 이럴 수는 없을 것이다.

홍한교는 그저 핏물에 물든 손을 툭툭 털며, 동굴 너머를 노려보고만 있었다. 다시 나가려는 준비를 하는 모양이었다.

"자! 이번엔 내 차례."

장칠이었다.

그러자 홍한교는 마음에 들지 않는다는 듯이 눈살을 살짝 찌푸렸다.

장칠이 씩 하고 웃었다.

"우리 이러지 말자. 너 다음에 나. 그래야 공평하잖냐."

홍한교는 별수 없다는 듯이 살짝 고개를 끄덕인 후, 몸을 돌렸다.

그리하여 홍한교가 서 있던 자리를 장칠이 대신했다.

장칠은 자신이 가진 세 개의 칼 중에서 식칼 형태의 칼, 절명삭도를 뽑아 들었다.

그러며 뒤편에 있는 청성제자들과 나안, 그리고 취원에

게 물었다.

"안남에서는 백야도귀가 떴다고 하면 귀신도 도망친다네. 왠지 알아?"

그의 말에 아무도 대답하지 않았다. 하지만 장칠은 대답을 들었다는 듯이 눈을 빛내며 속삭였다.

"지금부터 지켜보면 알 거야."

*　　　*　　　*

지한월은 온몸의 솜털이 쭈뼛 일어서는 기분이 들었다.

강기!

분명 강기였다.

형체를 가진 것이라면 무엇이라도 베어낼 수 있는 극강의 힘!

절정에 이른 고수만이 가능한 힘이다.

당금 천하에 그만한 실력자는 드러난 숫자만 거론한다면 오십을 넘지 않는다.

드러나지 않는 숫자를 포함한다고 해도 백을 넘지는 못할 것이다.

방금 동굴에서 튀어나와 삼대를 베어 버리고 들어간 사내는 현 무림에서 백 명 안에 들 만한 실력자라는 것이다.

'아니.'

68

마치 파도처럼 단숨에 여섯을 휩쓸어 버린 검강이라니.

절정의 경지를 이룬 고수 중에서도 수준급이라는 의미이다.

그렇다면 최소 쉰 명 안에 들 정도라고 봐야 했다.

'부성주 금도패웅 정도?'

그런 생각이 들자, 지한월의 얼굴이 일그러졌다.

금도패웅 추한패와 그는 과거 추혈단 평단원 시절을 함께 했던 사이였다. 그때 그들은 동기 중에서 가장 빼어났기에 서로를 경쟁자로 인정했다.

하지만 세월은 점차 차이를 만들어 내어, 지금은 그와 지한월의 사이에 결코 넘을 수 없는 실력과 지위의 벽이 생겨버렸다.

아직도 둘도 없는 친구이기는 하지만, 명령을 받아야 하는 입장인 지한월로서는 추한패를 볼 때마다 항상 주눅이 들고, 기분이 언짢았다.

추한패에게 창피한 꼴을 보이기가 싫다.

사실 이번의 일을 추혈단만으로 해결하겠다는 욕심을 부린 건 그런 이유가 컸다.

하지만 이제는 어찌하여야 할지 제대로 판단이 서지 않았다.

적이 조금 전 튀어나왔던 놈뿐이라면, 아직 추혈단만으로 해결할 수 있을 것이다.

하지만 그게 아니지 않은가.

'어찌해야 하나?'

그때였다.

동굴 속에서 얼굴 하나가 툭 튀어나온다.

장칠이었다.

"안 들어와?"

조금 전에 나왔던 자가 아니다.

장칠이 픽 웃었다.

"쫄았구나? 새끼들. 쥐새끼처럼 겁은 많아서."

지한월은 순간 피가 거꾸로 솟는 듯했다. 어설픈, 마치 시정잡배나 할 만한 얄팍한 도발이지만, 저 청년의 표정과 말투는 사람의 기분을 더럽게 만드는 묘한 구석이 있었다.

"알았다, 알았어. 새끼들. 쪽수가 부족하다 싶어? 겁나지? 안다, 알아. 시간 줄 테니까 가서 애들 좀 더 불러와. 이 형은 아까 걔보다 훨씬 무섭다. 그러니까 넉넉하게 데려와라. 걱정 마라. 이 형, 어디 안 간다. 형, 그런 사람 아니다."

지한월의 눈초리가 하늘을 향해 올라갔다.

추혈단은 언제나 공포의 상징이었다.

저런 시정잡배 따위의 조롱거리가 될 존재가 아니란 말이다!

지한월은 입을 오므렸다.

그러자 추혈단원 중 이대의 눈동자가 흔들렸다. 지한월이 그들에게 내린 명령 때문이었다.

이른바, 추살진(鎚殺陣).

시간을 벌어야 하니, 몸으로 막으라는 뜻이었다.

추살단 중 이대가 전담하는 임무 중 하나였다.

이대는 내키지 않다는 듯이 느린 움직임으로 입고 있는 복장을 매만졌다. 그러자 비늘 형태의 철편이 밀려 내려오며, 상체 전체와 허벅지를 감쌌다.

추살진을 위해 만든 일종의 갑옷 추살갑(鎚殺鉀)이었다.

지한월이 입술이 다시 움직였다.

그러자, 이번엔 사대가 눈을 빛냈다.

거망진(擧網陣).

추혈단의 병기 중 하나인 얇고 단단한 실, 추혈사를 교차로 엮어 동굴의 입구 주변에 거미집과 같은 형태의 발판을 만들라는 명령이었다.

이어질 명령은 뻔했다.

사곡진(射哭陣).

남은 추혈단원들은 팔목을 만지작거려, 투사병기인 추혈조를 꺼냈다.

거망진이 만들어지면, 그것을 발판 삼아 동굴 안쪽에 추혈조를 마구 쏟아 내라고 할 것이다.

동굴은 한 사람이 겨우 오갈 수 있을 정도로 좁고, 입구에서 안쪽으로 십여 장 정도의 거리가 일직선의 형태를 하고 있었다.

추혈조를 쏟아 낸다면 피할 수 있는 공간이 나오지 않았다.

최소 한둘 정도는 고슴도치로 만들 수 있을 게다.

"너희 뭐하니? 형이 너무 지루하다. 기다리기 심심하니까 노래라도 불러 주련?"

지한월의 눈동자에서 불똥이 튀었다. 최소한 저놈만은 어떻게라도 잡는다!

지한월이 휘파람을 불었고, 그 순간 이대가 튀어 나갔다.

이어 사대가 손에서 흘러나온 송곳을 절벽에 박더니, 몸을 휘익 날려 동굴을 교차하여 가로질렀다. 그들이 지나친 자리에 꼬리처럼 반투명의 실이 휘달렸고, 십여 차례 교차한 순간 거미줄 정도까지는 아니지만, 발을 디딜 수 있을 정도의 그물이 만들어졌다.

이어, 다른 추혈단원이 몸을 날려 그물 위로 자리 잡았다. 그리고 두 손을 앞으로 뻗어 동굴 안을 겨냥했다.

이제 투사병기인 추혈조를 쏟아 낼 차례이다.

그 전에 지한월은 휘파람을 불었다. 준비를 마쳤으니 이대의 대원은 빠져나오라는 신호였다.

그러자 동굴의 어둠 속에서 검은 형체가 드러났다. 빛살이 닿는 순간 반짝이는 형태가 분명 추살갑이었다.

하지만 눈은 백태를 그리고 있고, 두 발은 땅에 닿지 않은 채 둥둥 떠 있었다. 그리고 그 바로 뒤에 사람 하나가 그림자처럼 딱 달라붙어 있었다.

장칠이었다.

위기를 감지한 지한월이 외쳤다.

"투사!"

쇄애애애애애애애액!

쇄애애애액!

순간 장칠이 앞을 가로막은 이대 대원의 뒤로 머리를 숨겼다.

투투투투투투툭!

장칠이 방패 삼은 이대 대원이 날아든 추혈조에 뚫리고, 부서지기 시작했다.

이대 대원이 걸친 추살갑은 분명 상당히 뛰어난 갑옷이지만 추혈단원들이 작정하고 날린 추혈조를 막기엔 무리였다.

이대 대원의 몸은 추혈조가 닿는 순간 마치 폭죽처럼 터지고, 부서졌다.

얼마 지나지 않아 장칠의 모습이 드러나기 시작했다. 하지만 장칠은 다시 이대 대원의 시체 한 구를 집어 들어 앞을 막았다.

그리고 히죽 웃음 지으며 말했다.

"아직 여덟 개 더 있지."

추혈단원이 추혈조를 날리려다 말고, 지한월 쪽을 돌아보았다. 그러자 지한월이 크게 외쳤다.

"일대!"

추혈단원 중 유달리 험상궂고, 눈빛이 날카로운 아홉 명이 고개를 내밀었다.

"진입한다."

낮고 단호한 목소리.

지한월이 그렇게 말하자 그들은 저마다 추혈조를 집어넣은 후, 추혈도를 뽑아들었다.

＊　　＊　　＊

장칠은 피에 절은 절명삭도를 뒤춤에 집어넣고, 허리에 걸린 백귀도의 손잡이에 손을 얹었다.

이제 들이닥칠 열 놈은 다른 놈들과는 달랐다.

조금 전에 기파를 통해 인원수를 어림잡을 때, 제대로 기척을 느낄 수 없었던 놈들이 분명했다.

제법 굴러먹을 대로 굴러먹은 놈들이다.

이제야 제대로 몸 좀 풀어볼 수 있을 것 같았다.

하지만 장칠의 바람은 등 뒤에서 들려온 목소리에 물거

품처럼 사라졌다.

"이번엔 내 차례."

장칠은 고개를 쓱 돌렸다.

언제 다가왔는지 몽예가 바로 등 뒤에 서서 아이처럼 눈을 빛내고 있었다.

장칠이 말했다.

"야. 이건 아니지. 판 제대로 벌여 놓으니까, 뺏어 가는 게 어딨냐."

몽예는 못 들은 척하며 아이처럼 계속 중얼거렸다.

"내 차례. 내 차례. 내 차례."

"에이, 쓰벌. 알았다. 너 다 해 먹어라."

장칠은 그렇게 투덜거리며, 한 손으로 들고 있던 이대 대원의 시체를 툭 하고 내던졌다.

장칠이 뒤로 물러나자 몽예는 환하게 웃으며 두 손을 주먹 쥐었다.

동굴의 입구 쪽에서 들어오는 햇살을 가로막으며, 사람의 그림자가 드리운다.

그러자 몽예의 미소가 짙어졌다. 무신총에서 탈출하던 순간이 떠올랐다. 뒤이어 무신총 안에서의 삶이 그의 뇌리에 스쳐 지나갔다.

'그때의 난⋯⋯.'

살기 위해, 그리고 상대를 죽이기 위해 무슨 짓이든 했었다.

그랬었다.

위이이이이이이잉.

몽예의 전신에서 시커먼 기운이 흘러나오더니, 동굴을
채우기 시작했다.

밤보다 어둡게……

침묵보다 조용하게…….

第三章

　지한월은 추혈단의 단주와 추혈단 일대의 대장직을 겸임한다.

　추혈일대의 대장이 될 수 있는 건 지한월뿐이기에 그렇다.

　추혈단은 삼 년의 복무 기간을 가지고, 그 기간이 지나면 철혈성의 간부가 되어 다른 곳으로 이동하는 편이다.

　하지만 간혹 그 기회를 포기하고 추혈단에 잔류하고자 하는 이들이 있다.

　전투에 미쳐 버린 탓이다. 추혈단원으로 보냈던 삼 년이라는 치열한 삶이 아예 생활이 되어, 하루라도 피를 보지 않으면 견딜 수 없을 정도로 힘겨워진 것이다.

지한월은 그들의 바람대로 그들을 추혈단에 머물게 했고, 그들과 짧게는 십 년, 길게는 이십 년에 가까운 세월 동안 함께했다.

그들이 바로 추혈일대.

추혈단을 공포의 상징으로 만든 당사자들이었다.

다른 아홉 개 조를 모두 합한다고 해도, 지한월이 이끄는 일대 열 명보다 못하다.

사실, 추혈단을 부를 때는 추혈단 백 명 전원을 일컫기보다, 추혈일대를 의미하는 바가 더 컸다.

일대는 천천히 동굴의 입구를 향해 다가갔다. 그들의 표정에서는 긴장이 느껴졌지만, 두려움은 없었다.

상대를 얕보아서가 아니었다. 그들은 수많은 격전을 넘어온 이들답게 상황을 냉정히 평가했다.

적의 정체를 알 수 없지만, 지금껏 겪어본 중에서도 손꼽힐 정도의 위험한 놈들이었다.

이 자리에서 일대 열 명 중 반 이상이 죽게 될 것이다.

그렇지만 겁나진 않았다. 저토록 위험한 적을 죽일 수만 있다면 오히려 기쁠 뿐이다.

일대의 대원 중 가장 선두에 선 자가 동굴 안쪽으로 들어섰다.

들어선 무인의 두 손에는, 초승달 모양의 쇠붙이 두 개를 반대 방향으로 겹쳐 놓은 듯한 기묘한 병기를 쥐고 있었다.

자모원앙월(子母鴛鴦鉞)이라는 병기로, 권법의 달인이 사용한다면 무서운 위력을 발휘한다는 기문병기였다.

동굴의 비좁은 간격으로 인해, 추혈일대의 대원 중 권법이 가장 능한 대원 방무달이 선두를 책임진 것이다.

그는 더욱이 지한월을 제외한다면 추혈단원 중 가장 고강한 무인이기도 했다.

가장 먼저 동굴 안으로 들어선 방무달은 한 걸음 한 걸음 조심스레 내디뎠다.

지독한 피 냄새가 코끝을 찔렀다. 이대 대원의 것이 분명했다. 하지만 두려움은 없었다. 오히려 그의 입가엔 비웃음이 어릴 뿐이었다.

하지만 고수답게 긴장을 놓치지는 않았다. 적이 나타나는 순간, 번개처럼 달려들어 자신의 권로를 정확하고 매섭게 퍼부어 댈 준비가 되어 있었다.

그런데 문제는 아무것도 보이지가 않았다.

어둠이 너무나 짙다.

'이상하군.'

방무달은 강호 어디에 놓인다고 해도 일류라는 소리를 들을 만한 고수였다. 그러니 내력을 끌어 올려 시력을 높이면, 이 정도 동굴쯤은 대낮처럼 구분할 수 있었다.

한데 괴이하게도 방무달의 눈에 들어오는 건 아무것도

없었다. 있을 수 없는 일이었다. 뭔가가 동굴 안을 검게 칠하기라고 했다면 모를까.

어느 순간 방무달의 눈이 커졌다. 바로 코앞에서 두 개의 눈동자가 모습을 드러낸 탓이었다.

푸른 귀기를 머금은 고양이처럼 매서운 눈동자.

방무달은 급히 자모원앙월을 휘둘렀다.

쇄애애애애애애액!

방무달이 자랑하는 권법, 광야월보팔권(狂夜月步八拳)이었다.

'미친 밤에 달이 걷는 여덟 갈래의 길'이라는 이름답게 방무달의 권로는 거칠고 과격했다.

그에 따라 자모원앙월이 눈동자를 수십 차례 가로지르고, 찌르고, 뭉갰다.

하지만 닿지가 않았다. 눈동자의 주인이 공격을 피해서가 아니었다. 분명 가르고 찔렀는데, 그저 지나칠 뿐이었다.

마치 가깝게 보이지만 닿지 않는 밤하늘의 별처럼, 아니 원한을 잊지 못해 떠도는 유령처럼, 눈동자는 여전히 그의 코앞에 둥둥 떠 있다.

방무달은 치밀어 오르는 두려움을 억누르지 못하고 외쳤다.

"뭐, 뭐냐! 대체 넌 뭐냐!"

그러자 눈동자 밑이 길게 찢어지더니, 새하얀 치아를 드러낸다.

"더 해 봐. 그 권법, 제법 볼만한데?"

방무달은 어찌할 바를 몰라, 부들부들 떨며 한 걸음 물러섰다. 자신을 도울 사람을 찾아 뒤를 돌아본다.

하지만 아무것도 보이지 않았다. 바로 뒤따라 들어섰어야 할 동료는 어디에도 없었다. 기척조차 느껴지지 않았다.

이 어둠이라는 감옥 속에 홀로 갇혀 버린 것만 같았다.

'기환진법(奇幻陣法)인가?'

그럴 가능성이 높았다. 그렇다면 두려워할 필요는 없었다. 기환진법이란 진법에 갇힌 사람의 정심을 흩트려 두려움을 끌어내고 내재된 공포심을 자극하는 것.

실체를 가지지는 못한다.

정심을 굳건히 한다면 기환진법 따윈 아무런 해를 끼칠 수 없다.

방무달은 심공의 법문을 읊조렸다.

그가 익힌 고야심공(孤夜心功)은 제마멸사의 공능을 가지지는 않지만, 정심을 세우기에는 부족함이 없었다.

하지만 주변은 여전히 어둡고, 자신을 바라보는 푸른 눈동자는 여전히 뚜렷하다.

"더 해 보라니까?"

들려온 목소리를 쫓기 위해 방무달은 귀를 세웠다. 그곳에 적이 있다.

하지만 바로 귀에 대고 속삭이는 듯도 하고, 저 멀리에서 들리는 듯 아련하기도 하다.

"여기까지야? 더 없어?"

방무달은 이를 악물었다.

그래, 더 있다!

기환진법의 정체를 알 수 없다면, 모조리 부숴 버리면 된다.

광야월보팔권의 연환식, 광야월로(狂夜月路)!

그것이라면 가능하다.

방무달은 두 주먹에 자신의 내력을 모두 불어넣었다. 그에 따라 쥐고 있는 자모원앙월이 빛을 발하기 시작했다.

압밀된 기운이 실의 형태를 이루며 어둠을 밀어낸다.

일류의 끝에 이르러 절정의 경지를 목전에 두면 얻을 수 있다는 힘, 기사(氣絲)였다.

방무달의 경지가 기사를 다루는 수준에 이르렀다는 건, 동료 추혈단원조차도 모르는 사실이었다.

자모원앙월에서 흘러나온 기사가 엮기고 꼬이더니, 어설프게나마 강기와 같은 형태를 이루기 시작했다.

그러자 푸른 눈동자가 커졌다.

"호오!"

방무달은 두 개의 자모원앙월이 머금은 어설픈 강기를 눈동자를 향해 퍼부었다.

원앙월이 뿌리는 빛무리가 어둠을 종횡으로 가르며 지나간다.

그제야 갈라진 틈으로 동굴의 모습이 드러났다.

기환진법을 깨트렸다!

방무달은 그렇게 생각했다. 하지만 바로 착각이었음을 깨달았다.

물러났던 어둠이 뭉치며, 마치 하나의 뿌리에 매달린 가지처럼 뻗어 나오기 시작했다.

방무달은 그제야 어둠의 정체를 눈치챌 수 있었다.

강기!

'서, 설마?'

동굴을 가득 채웠던 어둠이 기환진법이 아니라, 저 눈동자의 주인이 흘려낸 일종의 강기였다는 건가?

어둠의 근원에서 두 개의 푸른 눈동자가 번뜩인다. 그리고 눈동자의 밑으로 다시 하얀 치아가 모습을 드러냈다.

"다음 세상에 태어나면, 좀 더 열심히 살아 봐."

어둠이 뻗어 낸 줄기 중 하나가 방무달의 복부를 노리며 다가왔다.

푹!

방무달은 복부가 관통되는 순간 치미는 고통을 견디지

못하고 입을 쩍 벌렸다.

"으어어어어어어어억!"

그와 동시에 그의 뒤쪽에서 비명이 연거푸 터져 나왔다. 동료들의 목소리였다.

슬쩍 눈동자를 돌리자, 자신처럼 검은 줄기에 신체 일부가 꿰뚫려 있는 조원들의 모습을 볼 수 있었다.

가장 뒤쪽에 있는 지한월만은 무사한지, 동굴 밖으로 빠져나가고 있었다.

"도, 도망쳐! 괴, 괴물! 마귀다!"

지한월의 외침이 아련하기만 하다.

방무달의 귀에 푸른 눈동자의 목소리가 스며든다.

"겨우 이 정도로 놀라면 섭섭하지. 이제부터 시작인데."

대체 뭘 시작한다는 걸까?

방무달은 더는 생각을 이어갈 수가 없었다. 복부에서 퍼져 나온 검은 기운이 혈도와 혈맥을 타고 스며들기 시작했다.

비명조차 나오지 않는다.

내장에서부터 뼈, 근육 모든 게 끊기고 갈라지고 있었다.

"커컥, 컥, 컥, 컥."

벌어진 입에서 흘러나오는 건 내장 조각이 섞인 핏물과 물처럼 묽어진 타액뿐이었다.

　　　　＊　　　＊　　　＊

　동굴에서 튀어나온 지한월은 거미집 같은 그물 거망진 위에 몸을 안착시킨 후, 품에서 자그마한 통 하나를 꺼냈다.

　그가 손가락을 까닥하는 순간, 통이 부서지더니 빛살 한 줄기가 하늘에 솟구쳐 올랐다.

　위기를 알리는 대지급 신호통이었다.

　지한월은 빛살이 하늘 위를 수놓는 모습을 확인한 후, 거칠게 외치며 몸을 날렸다.

　"산개(散開)!"

　오직 생존만을 염두에 둘 뿐, 다른 어떤 것도 신경 쓰지 말고 도주하라는 비굴한 명령이었다.

　추혈단이 생긴 이래 단 한 번도 나온 적이 없는 최악의 명령이기도 했다.

　그렇기에 추혈단원들은 잠시 자신이 잘못 들은 건 아닐까 하는 착각에 머물러 있었다.

　그때, 동굴 안에서 어둠이 밀려 나왔다.

　마치 밤 그 자체가 늘어난 듯하다. 지독히 불길하고 어두운 그것은 추혈단원들을 향해 송곳처럼 날카로운 돌기를 마구 뻗어 내기 시작했다.

"커, 컥!"

"으어어어어억!"

십여 명의 추혈단원이 피하지 못하고 돌기에 꽂혀 버둥거렸다.

벗어난 추혈단원들은 놀라, 가장 멀리 물러서서 어둠을 바라보았다.

동굴 안에서는 계속 어둠이 밀려 나오고 있었다. 강물처럼 밀려 나오는 어둠 사이로 언뜻 일대 대원의 모습이 보였다.

모두가 눈과 입을 크게 벌린 채, 핏물을 토해 내고 있었다.

동굴에서 튀어나온 어둠은 넓게 퍼지며, 나무처럼 길고 가는 수십 개의 가지를 퍼트렸다. 가지의 끝마다 열매라도 되는 듯 추혈단원이 대롱대롱 걸려 있었다.

대체 저건 뭘까?

어둠의 몸통 쪽, 두 개의 선이 그어지더니 눈의 형태를 만든다.

그 밑으로 다시 하나의 선이 길게 생기며, 하얗고 날카로운 치아를 드러냈다.

"괴, 괴물!"

"뭐, 뭐야!"

"저게 뭐야!"

두 개의 눈 속 푸른빛을 발하는 눈동자가 이리저리 움직이며 추혈단원들의 위치를 살폈다.

그 밑에 그려진 입이 더욱 길게 찢어지며 크게 벌어진다.

"내가 궁금해?"

놀란 추혈단원의 눈과 입이 커졌다.

목소리?

말을 한다?

설마 저 괴물이 사람이라는 건가?

그럴 리가 없다.

어둠이 말한다.

"생각해 봐. 너희에겐 내가 뭘까? 아마도 죽음 같은 거겠지."

죽음?

갑자기 어둠이 파르르 떨린다!

들끓는 심정을 참지 못하는 듯이, 기쁨을 견딜 수 없다는 듯이 그렇게…….

"그래. 죽음이겠네. 너희 스스로 만들어 낸 지독히 더러운 죽음이지. 슬픔이야. 괴로움이지. 눈물이야. 비명이고. 과욕의 결과이며 절망이야. 거부할 수 없는 죄과의 대가이지."

대체 무슨 말을 하는 걸까?

추혈단원들은 당최 알아들을 수가 없었다.

우리가 만들어 낸 죽음이며 대가라고?

대체 우리가 저 괴물에게 무엇을 했다고 저러는 걸까?

자신들의 마음을 읽기라도 했는지, 괴물이 말한다.

"내가 너희의 죽음인 이유가 궁금해? 너희가 이 자리에 있다는 것. 내 앞을 가로막았다는 것. 도망치지 않았다는 것. 그게 이유이야. 아마도 너희가 다른 누군가의 죽음이었던 이유와 비슷하겠지? 자, 이제 죽자. 아프고, 괴롭게."

스륵.

스르르르르륵.

어둠이 늘어나며, 추혈단원들을 향해 가지를 뻗어 왔다.

추혈단원 중 가까이 위치한 이들은 병기를 휘둘러 어둠의 가지를 잘라 내려 했고, 뒤편에 있는 추혈단원들은 손에서 실을 뿜어 절벽 높은 곳에 박아 넣은 후 자신을 향해 다가오는 가지를 피하고자 몸을 날렸다.

푸푸푸푸푹!

몸을 날려, 절벽 위쪽에 달라붙은 추혈단원들이 아래를 내려다보았다. 가지를 막거나 자르려고 했던 동료들이 모두 어둠의 가지에 꿰뚫린 채 대롱대롱 걸려 있는 것이 보였다.

저것의 정체는 대체 뭐길래?

몸이 덜덜 떨려 온다.

어둠의 중심부에 위치한 눈이 푸른 눈동자를 그들 쪽으로 들어 올린다.

"거기들 있었어?"

추혈단원들은 급히 고개를 돌려 위쪽을 노려보며 절벽을 거슬러 오르기 시작했다.

사방으로 흩어져야만 하나라도 살아남을 수 있지만, 오히려 그들은 모여들었다.

그곳이 절벽을 거슬러 오르기 위한 최단 경로이기 때문이었다.

"커억!"

가장 뒤편에서 짧은 비명이 울린다.

슬쩍 눈을 돌리니, 어둠이 마치 거미처럼 몸통에서 뻗어 나온 가지를 절벽에 박아 넣으며 쫓아오고 있었다.

추혈단원들은 덜덜 떨며 앞다투어 위를 향해 기어올랐다. 오르다가 엉겨 붙어 버려 동료가 떨어지는 것을 보고도, 오직 위로만 기어올랐다.

살기 위해서.

저 괴물에게서 조금이라도 멀어지기 위해서!

하지만 등 뒤에서 들려오는 비명은 계속 이어지고만 있었다.

                    *   *   *

"헉, 헉, 헉, 헉!"

지한월은 마구 달렸다. 앞을 가로막는 풀잎에 스친 볼은
갈리고, 가지에 걸린 옷은 찢겨 나갔다. 솟아오른 돌부리
에 걸려 넘어지기 일쑤였고, 길을 잘못 들어서 나무에 몸
을 부딪치기도 했다.

철혈성을 대표하는 고수답지 않은 모습이었다.

거친 호흡은 한 걸음만 멈춰 서 내력을 잠시 휘돌리는
것만으로도 충분히 잠재울 수 있었다.

하지만 지한월은 그러지 않았다. 아니, 그럴 생각조차
할 수 없었다.

그런 여유가 없었다.

그 괴물이 쫓아올 테니까.

고개를 뒤로 돌리면 그 검은 괴물이 푸른 눈동자를 빛내
며, 그 꼬챙이 같은 가지를 마구 뻗어 댈 것만 같았다.

그러니 핏발이 선 눈동자를 마구 휘돌리며 오직 앞으로
이어지는 길만을 찾을 뿐이다. 내딛는 발은 그 괴물에게서
어떻게든 멀어지기 위해 바쁠 뿐이다.

뒤처진 수하들이 어떻게 되었을지도 궁금하지 않았다.
죽음이 두렵지는 않지만, 그 괴물에게 찢기고 갈라져 고통
속에 사라지는 이런 죽음만은 싫었다.

아니다.

죽기 싫다.

이런 식으로 죽기 싫은 게 아니라, 그저 죽기 싫었다.

"으어어어어어억."

지한월의 쩍 벌어진 입에서 흘러나오는 거친 호흡 사이로, 괴상한 울음이 뒤섞였다.

무서웠다.

살아남는다면, 아무도 찾지 않는 곳에 숨어서 평생을 보내리라.

세상일에는 관심을 끊고, 그저 살아갈 것이다.

살아만 남는다면!

쉬이이이이이이이이익!

갑자기 앞쪽 수풀 너머에서 바람이 갈라지는 소리가 들렸다.

뭔가가 다가온다.

'설마 그 괴물이?'

지한월은 급히 몸을 세우려 했다. 하지만 발보다 마음이 앞서서 중심을 잃은 탓에 앞으로 굴러야만 했다.

몇 바퀴나 구르고서야 멈춰 설 수 있었던 지한월은 버둥거리며 몸을 일으켰다.

그 사이 바람 갈리는 소리가 점점 커져, 바로 앞에서 들리는 것 같았다.

피할 수 없다.

지한월은 허둥지둥 허리춤을 뒤져서 자신의 독문병기인 추혼창을 꺼냈다.

추혼창은 평소에는 팔뚝 정도 길이의 단창과 같은 형태를 하고 있지만, 창대를 비틀면 길게 늘어나 장창으로도 변한다.

또한, 창대를 반대 방향으로 비틀면 두 개의 단창으로 분리되었고, 창대의 하단부에 숨겨진 단추를 누르면 창두를 암기처럼 날릴 수도 있었다.

그 외에도 다양한 용도로 사용할 수 있는 기문병기였다.

하지만 지한월의 머릿속에는 아무것도 떠오르지 않았다. 그저 팔뚝만 한 추혼창을 이리저리 휘저어 댈 뿐이었다.

그러며 괴상한 비명만 질러 댄다.

"으아, 으아아아, 으아아아아아!"

쉬이이이이이이이익!

지한월의 앞이 갈라지며, 십여 개의 검은 덩어리가 내려섰다.

모두가 사람이었다.

지한월은 그중 가장 가까운 것을 향해 추혼창을 뻗었다.

쇄애애애애애액!

추혼창은 지한월의 손아귀를 벗어나는 순간 빛살이 되

었다.

두려움에 질린 지한월은 사리 분별을 제대로 하지 못할
정도의 상태였지만, 그래도 철혈성 내에서 열 손가락 안에
드는 실력만은 감출 수가 없었다.

하지만 추혼창의 목표가 된 사람 역시 만만치 않았다.

"헛!"

그는 예상하지 못했는지 헛기침을 뱉었지만, 몸의 반응
만은 빨랐다. 팽이처럼 몸을 휘돌린다.

찌이이이이이익!

추혼창이 사람의 볼을 스치며 지나갔고, 그 뒤에 위치한
사람의 복부에 박히고서야 멈췄다.

"커헉!"

지한월은 급히 소매를 뒤적였다. 이번엔 추혼비를 꺼내
던질 셈이었다.

그때, 추혼창을 피했던 사람이 크게 외쳤다.

"한월! 이게 무슨 짓이냐!"

엄청난 내공이 담긴 우렁찬 외침.

고막이 터지지 않을까 싶을 정도였다.

그제야 흐릿하던 지한월의 눈동자가 또렷해졌다.

비로소 자신의 앞에 선 사내의 얼굴이 제대로 보인다.

"한패?"

철혈패왕 철무장의 오른팔이며, 지한월의 직속상관. 그

이전에 지한월에게 이십 년 지기 친구인 금도패옹 추한패였다.

"한패? 한패구나!"

추한패는 지한월의 낭패한 모습을 살피며, 외치듯 말했다.

"대체 이게 무슨 짓이냐!"

지한월은 잠시 눈만 깜빡였다. 그제야 자신이 위기를 알리는 신호를 보냈다는 사실을 기억해 낼 수 있었다.

추한패는 눈살을 찌푸리며 말했다.

"대체 이게 무슨…… 추혈단원들은 어디 있느냐?"

지한월의 눈동자가 다시 흐릿해지더니, 몸을 부들부들 떨었다.

"가, 가야 해. 얼른 도망쳐야 해! 놈이 와!"

추한패가 지한월의 어깨를 굳게 잡으며, 낮게 목소리를 깔아 말했다.

"한월. 이봐, 지한월."

"도망쳐야 해. 놈이 와. 놈이 온다고!"

미친 듯이 혼잣말만 주절거리는 지한월의 모습에 추한패는 어이가 없었다.

이럴 놈이 아니었다. 적의 검에 내장이 상할 정도로 깊게 찔려도, 그저 억지웃음을 지으며 가렵다고 하던 놈이었다.

대체 무엇을 보고 겪었길래 이렇게 된 걸까?

"온다. 올 거야. 도망쳐야 한다고! 으아. 으아아아아아
악!"

추한패는 그의 어깨를 마구 흔들었다.

"추혈단주 지한월! 정신 좀 차려 봐!"

"아, 안 돼. 한패. 도망쳐야 한다! 놈이 온단 말이다! 얼
른 도망쳐야 해!"

추한패는 더는 참을 수 없어, 거칠게 지한월의 머리카락
을 낚아챘다.

"지한월. 똑바로 말해! 대체 놈이 누구냐!"

지한월은 침을 한 번 꿀꺽 삼킨 후, 속삭이듯 말했다.

"괴, 괴물. 검은 나무."

"검은 나무?"

그때였다. 추한패는 갑자기 스산한 느낌이 들어, 주변을
둘러보았다.

변한 건 없었다. 어떤 기척도 느껴지진 않았다. 다만 주
변이 조금 전보다 어두워진 것 같았다.

이제 동이 틀 무렵이라 더 밝아질 수는 있어도, 반대로
어두워질 리는 없을 텐데…….

추한패가 명령을 내리기 전에 데리고 왔던 십여 명의 무
인이 추한패와 지한월을 가운데 두고 둥글게 돌아섰다.

잠시 사이 주변은 더더욱 어두워지고 있었다.

"와, 왔다. 검은 나무가…… 나무가 왔어!"

지한월은 그렇게 중얼거리며 부들부들 떨었다.

추한패는 지한월을 놓고, 일어나며 애병인 철한금도를 천천히 뽑았다.

매서운 눈동자로 어둠이 내리는 주변을 매섭게 둘러본다.

하지만 아무것도 보이지 않았다. 내력을 휘돌려 기감을 높여 보지만, 기척 또한 느껴지지 않았다.

'환술(幻術)인가?'

아니다.

환술 따위에 추혈단이 당할 리가 없었다.

그럼 대체 이건 뭘까?

갑자기 추한패가 뭔가를 느끼고 급히 고개를 치켜세웠다.

정수리 위, 하늘 쪽에서 검은 덩어리 하나가 떨어지고 있었다.

퍽!

떨어진 덩어리를 노려본다.

사람이었다.

아니, 사람이었던 것 같았다. 고깃덩어리와 같은 모습이지만, 분명 팔과 다리, 머리의 형태가 사람과 닮아 있었다.

이토록 기괴한 시체라니.

무슨 고문을 어떻게 가하면 저렇게 될 수 있을까?

살아오며 온갖 더러운 꼴을 봐 왔고, 그만큼 더러운 짓도 많이 해 왔기에 어지간한 일에는 눈 한 번 깜짝하지 않는 추한패조차도 욕지기가 날 정도였다.

추한패의 수하 중 누군가가 말했다.

"소문조(燒文藻)……?"

시체가 입고 있는 찢기고 갈라진 흑의무복의 오른쪽 어깨 부위엔 분명 추혈단 오대의 단원인 소문조를 상징하는 문양이 수 놓여 있었다.

소문조라니.

그때였다.

하늘 위에서 다시 몇 개의 물체가 떨어져 내렸다.

퍽, 퍽, 퍽, 퍽.

모든 고깃덩어리는 추혈단의 무복에 싸여 있었다.

대체 누가 어떻게 이런 짓을 한 걸까?

추한패와 그의 수하들은 침을 꿀꺽 삼키며 하늘을 올려다보았다.

쪽빛으로 물들어 가던 하늘은 어느새 칠흑색으로 바뀌어 있었다.

별과 달의 모습은 보이지 않았다.

온통 검기만 하다.

구름에 가려져 있는 걸까?

그때였다.

어둠 위로 두 개의 선이 생기며, 천천히 벌어진다.

눈동자.

그건 분명히 눈동자였다.

그 밑으로 다시 선이 생기며, 그 사이로 새하얀 치아를 드러낸다.

"여기 있었어? 한참 찾았잖아."

그 순간 지한월의 입이 찢어질 듯 벌어졌다.

"으아아아아아아아아아아아악!"

✻   ✻   ✻

추한패는 이제야 지한월을 이해할 수 있었다.

상상의 범주를 넘어서는 공포를 접하면 사람은 미친다.

미칠 수밖에 없다.

절로 몸이 덜덜 떨려 왔다.

저걸 뭐라고 해야 할까?

괴물?

마귀?

아니다.

고작 그런 정도로 저것을 설명할 수 없다.

저건, 저건…….

"모르겠어."

투툭. 투툭. 투투투투투툭.

핏물과 조각난 살덩이가 마치 비처럼 내린다.

일렁이는 어둠의 틈새로 조각난 추혈단원의 시체가 마구 쏟아지고 있었다.

마치 주위를 감싼 어둠이 소화되고 남은 것들을 찌꺼기처럼 뱉어 대는 듯하다.

하늘 위, 푸르게 빛나는 눈동자는 초승달 모양으로 꺾여 있다. 그 밑에 그려진 입 역시 모든 치아를 드러낸 채 히쭉거리고 있었다.

웃고 있다.

추한패와 그의 수하들을 마치 개미떼라는 듯한 시선으로 내려다보며, 즐거워하고 있었다.

추한패의 수하 중 누군가가 중얼거렸다.

"꾸, 꿈인가?"

그래, 악몽을 꾸는 건지도 몰랐다. 저런 게 실제로 존재할 리가 없으니.

시간이 흐르며 어둠이 뱉어내던 피와 살 조각의 비가 잦아지더니, 이내 멎어 버렸다.

허공에 떠 있는 푸른 눈동자가 빛을 발했다.

"난 좀 착한 거 같아."

이게 무슨 말일까?

"유언을 남길 시간까지 주고 말이야. 그렇지 않아?"

추한패가 거칠게 외쳤다.

"개소리! 추혈단을 이렇게 만들고도 무사할 줄 아느냐!"

"와. 너무하네. 이러니까 사람이 안 하던 짓을 하면 안 되나 봐."

추한패는 철한금도를 치켜들어 어둠 속에 박혀 있는 푸른 눈동자를 가리켰다.

"이런 우습지도 않은 장난은 그만두고 썩 앞으로 나서지 못할까!"

"장난? 홋. 맞아. 장난이야. 부수고, 자르고, 찌르고, 후비고, 분지르고, 긁고, 꺼내고, 던지고, 밟고, 뽑고. 재미난 장난이지."

추한패의 칼 위에 선연한 금광이 어리기 시작했다.

"더 이상은 재밌을 수가 없을 게다!"

그가 그렇게 외치자 그의 수하들은 모두 자세를 낮추고, 무기를 뽑아들었다.

두려움에 흔들리던 눈동자가 빠르게 제자리를 찾았다.

그들은 철혈성의 최정예 무인이었다. 두려움과 공포와 싸워 이기는 법은 잘 알고 있었다.

그러자 허공에 수놓은 눈과 입이 가소롭다는 듯이 비웃는다.

"더 할 말 없으면, 지금 한 말이 유언인 셈 쳐."

102

위이이이이이이이잉.

어둠이 꿈틀거리며 추한패와 그의 수하들을 향해 수백 개의 가지를 뻗어 오기 시작했다.

피하기는 어렵지 않았다. 가지의 개수는 많지만 다가오는 속도가 너무 느렸고 궤적 또한 단순했다.

두려워했던 만큼의 상황이 아니었기에, 추한패와 수하들은 마음의 무게를 덜어낼 수 있었다. 하지만 안심할 수는 없었다.

비처럼 떨어져 내리던 추혈단원의 시체들을 지울 수가 없는 탓이었다.

그때 검은 가지가 분열하기 시작했다. 하나의 가지가 둘로, 넷으로, 다시 여덟로 늘어나더니, 어느새 거미줄처럼 사람들의 주변을 둘러싸 버렸다.

추한패의 수하들은 잠시 당황했지만, 바로 뭔가를 결심한 듯 입매를 다부지게 고치더니 각자의 무기를 들어 올렸다.

피할 수 없으면 자르고, 부술 뿐이다.

그때였다.

"으아아아아아아아압!"

누군가가 검은 가지의 그물을 향해 달려들었다.

지한월이었다.

그는 두 손에 푸른 기운을 머금고, 마구 휘저었다.

그러자 밀려들던 검은 가지가 지한월의 두 손이 머금은 푸른 기운에 닿을 때마다 부서지거나 안개가 되어 흩어졌다.

그 광경을 본 추한패의 눈이 크게 벌어졌다.

"강기?"

지한월의 두 손에 맺힌 기운은 분명 강기였다.

'언제 저 친구가?'

추한패가 아는 바로 지한월의 경지는 아직 절정에 이르지 못했다. 장벽에 가로막혀 거의 십 년이라는 세월 동안 제자리걸음만 하고 있었다.

단 한 걸음만 내디디면 되는데, 지한월은 그러지 못했다.

친구로써 안타까웠지만, 가르쳐 준다고 해서 넘을 수 있는 것이 아니기에 그저 묵묵히 옆을 지켜만 주었을 뿐이었다.

그런데 언제 절정의 경지에 이르렀단 말인가?

'설마?'

추한패는 지한월의 낯빛을 살폈다. 까맣게 죽어 가고 있었다. 분명했다.

'선천지기를 끌어 쓰는 거냐!'

선천지기란 하늘이 생명에게 부여한 고유의 기운.

육신에 혼백을 붙들어 두라고 주어진 힘으로, 후천지기

인 내력의 몇 배에 해당하는 힘을 얻을 수 있지만, 한 번 사용하면 다시 채워지지 않는다.

그러니 저렇게 마구 사용했다가는 죽고 만다.

"한월, 이놈아!"

추한패는 철한금도를 꼬아 쥐고 지한월의 향해 달려갔다.

지한월의 주변 일 장의 넓이로 검은 가지는 보이지 않았다. 검은 가지는 그의 푸른 권강이 두렵다는 듯이 떨어진 채 꿈틀거리기만 했다.

추한패는 지한월의 어깨를 낚아채며 외쳤다.

"뭐 하는 짓이냐!"

지한월은 검게 변한 얼굴로 힘없이 고개를 틀었다.

"내가 길을 열 테니 도망쳐라."

"한월, 이놈아!"

"이대로라면 다 죽고 말아. 그러니 너라도 도망쳐라. 나중에 내 대신 우리 추혈단의 원한을 갚아다오."

"싫다. 네가 해라."

지한월은 고개를 저었다.

"아니. 난 수하들을 버리고 도망쳤어. 나 혼자 살아 보겠다고. 무섭다고. 흐흐흐흐흐. 난 자격이 없어. 그러니 네가 해다오. 네가 저 괴물을 꼭!"

"한월아!"

지한월은 더는 아무 말도 듣지 않겠다는 듯이 앞으로 고개를 틀며 한 마디를 뱉었다.

"길을 연다."

쉬이이이이이이잉!

지한월의 두 주먹을 감싼 권강이 더욱 밝고 힘차게 타올랐다. 그와 동시에 지한월은 정면의 어둠을 향해 달려나갔다.

권강에 닿은 검은 가지가 흩어졌고, 어둠이 갈라지며 길을 드러내기 시작했다.

추한패는 어쩔 수 없다는 듯 그의 뒤를 따르며 외쳤다.

"따르라!"

수하들은 그의 명령이 있기도 전에 이미 추한패의 뒤로 일렬로 섰다. 그리고 지한월이 만들어 낸 길을 따라 달려나갔다.

그러자 갑자기 사방에서 웃음소리가 들렸다.

"푸하하하하하하하핫! 보기 좋네. 눈물이 날 정도야. 푸하하하하하핫!"

하지만 어둠은 당장 터져 버릴 듯이 거칠게 일렁이고 있었다.

"당 아저씨도 그랬지. 어린 나를 살리겠다며, 자신의 목숨을 버렸지. 그랬어. 그날, 얼마나 울었는지 몰라. 평생 그렇게 울어 본 적이 없었을 정도야. 너희의 작태를 보니 그날이 바로 어제처럼 떠오르네."

휘리리리리리리리리릭!

어둠이 마치 물줄기처럼 마구 뿜어져 나와 지한월을 덮쳤다. 그러자 지한월은 급히 두 주먹을 마구 휘둘렀고, 거의 달라붙어 따르던 추한패 역시 철한금도를 거칠게 휘둘렀다.

지한월의 푸른 권강과 추한패의 철한금도가 뿜어내는 황금빛 도강이 서로 어울리며, 밀려드는 어둠을 밀어붙였다.

하지만 쫓기듯 밀려났던 어둠은 방향을 틀었고, 그대로 지한월을 삼켜 버렸다.

추한패는 철한금도를 마구 휘두르며 핏물을 토할 듯이 크게 외쳤다.

"한월아!"

지한월을 삼킨 어둠은 추한패를 피해 멀리 도망쳤다. 어둠 속에서 푸른 빛살이 이따금 튀어나왔고 그때마다 지한월의 모습이 잠시 드러났다. 하지만 바로 어둠이 밀려들어 다시 감싸 버렸다.

지한월을 삼킨 어둠이 속삭인다.

"그날, 내 기분이 어땠는지 알려주지."

추한패는 그 목소리를 귓등으로 흘리며, 지한월을 찾기 위해 마구 두리번거렸다. 하지만 그저 어둡기만 할 뿐, 아무엇도 보이지가 않았다. 지한월의 기척을 쫓아보려 하지만, 아무것도 느껴지지 않았다.

"딱, 이랬어."

그 순간, 어둠 저편에서 지한월의 목소리가 터져 나왔다.

"으아아아아아아아아아아아아아아아악!"

모골이 송연할 정도로 섬뜩한 비명.

그 사이로 기묘한 소음이 끼어든다.

뚝, 뚝, 빠직, 빠직. 투둑, 투둑.

뼈마디가 부러질 때 나는 소리이다.

근육이 끊어질 때 나는 소리이다.

"으아아아아악! 으아아아아아아아아악! 으아아아아아아아악!"

지한월이 어둠 속에서 무슨 짓을 당하고 있는지 알 수 있었다.

"한월아! 어디 있는 거냐!"

추한패는 도강을 뿌리며 거칠게 어둠을 가르고 찢었다. 하지만 그 어디에도 지한월의 모습은 보이지 않았다.

그저 그의 비명만이 사방에서 울려 댈 뿐이었다.

어느 순간 지한월의 비명이 멎었다. 하지만 뼈가 부서지고 근육이 끊어지는 섬뜩한 소음만은 여전히 이어지고 있었다.

어둠에 새겨진 푸른 눈동자가 말한다.

"너무 괴롭혔나? 애가 더는 움직이질 않네. 에이, 재밌다 말았어. 돌려줄게."

툭, 툭, 툭.

어둠이 추한패의 앞에다 끊어진 다리와 몸통, 팔을 뱉어낸다.

그리고 마지막으로 입을 쩍 벌린 채로 굳어 버린 지한월의 머리통이 툭 하고 떨어져 내렸다.

추한패는 부들부들 떨며, 몸을 수그려 지한월의 머리통을 집어 들었다.

빠드드드득.

갈리는 그의 치아가 벌어지며 잇몸에서 핏물이 흘러나온다.

추한패는 지한월의 머리를 가슴에 꼭 품고 낮게 속삭였다.

"뭐냐. 대체 우리가 뭘 어쨌다고 이런 짓을 벌이는 거냐."

푸른 눈동자가 말했다.

"내가 하고 싶은 말이야. 너희는 대체 내가 뭘 어쨌다고 이렇게 만든 거지?"

추한패는 크게 외쳤다.

"대체 무슨 소리냐!"

"모르지? 나도 몰라. 뭐가 어떻게 된 건지, 뭐가 먼저인지 모르게 되어 버렸지. 너희 무신진가의 족속들은 너희 나름대로 이유가 있었다는 거 알아. 인정해. 이해도 되고 말이야. 하지만 나도 나름대로 너희한테 억울한 일을 당해왔단 말이지. 내가 너희에게 이러는 것도 이유를 다 들어 보면 인정할 만하고 이해할 만도 할 거야. 그러니 어떡하겠어? 서로 받아들여야지. 우리 사이의 문제는 단순하게 해결하자. 그냥 서로 죽이고 죽는 거야. 서로를 쓰레기처럼 구기고 찢어서 던져 버리자. 괴롭히고, 괴롭자. 어느 한쪽이 다 없어질 때까지 말이야. 훗. 후후후후후훗. 푸하하하하하하핫!"

어둠이 마구 일렁인다.

그리고 추한패와 그의 수하들을 향해 쏟아져 내렸다.

슈아아아아아아아아아!

추한패는 독문도법인 철혈금쇄도법에 따라 밀려드는 어둠을 베고 갈랐다. 덕분에 어둠은 그의 주변 일 장의 범위를 넘지 못하고, 들이닥쳤다 흩어지기를 반복했다.

철혈성에서 다섯 손가락 안에 드는 고수다운 신위였다.

하지만 그의 수하들까지 그와 같은 모습을 보일 수 없었다. 추한패의 수하들은 얼마 버티지 못한 채 어둠에 삼켜졌고, 곧 날카로운 비명이 연거푸 터져 나왔다.

"커헉."

"으아아아악!"

"아, 안 돼!"

뚝, 뚝.

빠직. 빠지지지직.

들려오는 섬뜩한 소리에 추한패는 발광하듯 마구 칼을 휘둘렀다. 그의 칼이 지나친 곳은 어둠이 흩어졌지만, 여전히 멀리서 먹잇감을 노리는 야수처럼 슬그머니 밀려들고 있었다.

"헉, 헉, 헉, 헉."

어느 순간부터 추한패의 입술 사이로 거친 숨소리가 흘러나왔다.

지친다.

괴롭다.

인정하기 싫지만, 무섭다.

어느새 수하들의 비명은 끊어졌고, 어둠은 지한월의 시체를 토해 낼 때처럼, 그렇게 살덩이와 핏물을 쏟아냈다.

이제 남은 건 추한패 자신뿐이었다.

어둠은 천천히 추한패를 향해 수백 개의 가지를 뻗었다. 가지의 모양이 마치 손과 같은 형태로 변했다.

흡사 지옥의 문이 열려, 그 안에 갇힌 죄인들이 모조리 팔을 뻗어 살려달라고 애원하는 듯하다.

추한패는 철한금도를 바닥을 향해 내리고, 어깨를 축 늘어트렸다.

지쳤다.

아니, 무엇을 해도 아무 소용이 없다는 생각이 들어서였
다.

"하, 하하. 하하하하."

왜 자신이 웃고 있는 건지 알 수 없었다.

그저 저 수백 개의 검은 손을 보고 있으니, 웃음이 났
다.

어둠이 속삭인다.

"웃기지? 그래. 피할 수 없으면 차라리 즐기는 거야.
킥."

추한패는 철한금도를 거꾸로 들고, 자신의 배를 겨냥했
다. 저 어둠에게 죽임을 당하기보다는 차라리 자결을 하는
게 나을 것 같았다.

그때였다.

번쩍!

어둠이 갈라지며, 한 줄기 빛살이 튀어나온다!

동시에 어둠 위로 새겨진 푸른 눈동자가 흔들렸다.

"크윽."

추한패는 청량한 바람이 이는 것을 느끼며, 감았던 눈을
떴다. 그 순간 자신의 앞에 백의문사가 서 있는 것을 볼 수
있었다.

누굴까?

어둠이 속삭인다.

"팔괘무신?"

백의문사가 뒷짐을 쥐며 어둠을 향해 고개를 끄덕였다.

"그러네. 손풍무신 진초민이라고 하네."

第四章

"손풍무신?"

손풍무신의 등장은 너무도 갑작스러웠다. 하지만 추한패처럼 연락을 받고 도착한 것 같지는 않았다.

그가 몽예에게 가한 일격은 상당한 시간 동안 틈을 엿보고 기회를 잡아야 가능했으니.

몽예가 물었다.

"나를 쫓아온 건가?"

손풍무신은 가볍게 고개를 끄덕였다.

역시 그랬구나.

몽예는 언젠가부터 뭔가가 엿보는 듯한 기분을 느꼈다. 정확히 홍한교와 장칠과 합류한 때부터였다.

처음엔 그저 착각인 줄로만 알았다. 절대의 경지에 오른 후, 자신의 감각을 흩트리며 다가올 수 있는 존재는 세상에 있을 리 없다는 자신감 때문이었다.

그런데 숭무정의 수괴 중 하나인 손풍무신이 자신의 뒤를 쫓고 있었다니.

손풍무신 진초민이 입을 열었다.

"의외인가? 우리가 당신을 계속 방치해 둘 것이라고 여겼던 게냐?"

"그랬었잖아."

"어이가 없구나. 이화와 간산, 감수가 죽었다. 네놈의 손에. 내 형제 셋을 죽인 네놈을 그저 내버려 둘 듯싶으냐?"

몽예를 두른 어둠이 마구 꿈틀거렸다.

두렵기 때문일까?

아니면, 손풍무신에게 당한 상처가 고통스럽기 때문일까?

아니다.

즐거워서이다.

"고맙네. 정말 고마워. 내버려 두지 않아서."

몽예는 들뜬 목소리로 그렇게 말했다. 정말 너무나 기뻤다. 그리고 말마따나 고맙기도 했다.

팔괘무신이 제 발로 나타나 주다니!

몽예는 무신총에서 나온 이후 그들을 찾아 죽이기 위해 세상을 헤맸지만, 팔괘무신이 스스로 그의 앞에 나타난 적은 없었다.

팔괘무신의 입장에서 몽예란 존재는 귀찮은 파리나 진배없었기 때문이다.

파리는 손을 휘저어 쫓아내면 그뿐이다. 억지로 쫓아서 찾아낼 필요까지는 없다.

그런데 팔괘무신이 직접 모습을 드러낸 것이다.

그 의미는 숭무정은 몽예를 날파리 따위가 아닌, 어떻게든 없애야 할 적이라고 인정한 것이다.

그러니 몽예의 입장에서는 너무나 고마운 일이었다. 이젠 억지로 찾아 헤매지 않아도 직접 나타나 준다는 뜻이니.

손풍무신이 싸늘히 웃었다.

"손수 죽여준다는 것이 그렇게 고맙더냐? 허허허헛. 듣던 대로 미친놈이구나."

몽예는 말을 아꼈다. 기쁘고 고맙기는 하지만, 상황이 그렇게 좋지는 않았다.

손풍무신의 급습은 조금도 예상할 수 없었기에, 부상의 정도가 심했다.

간산무신을 고문하여 죽일 때 얻은 정보대로라면, 손풍무신은 팔괘무신 중 서열 사 위.

지금까지 상대했던 세 명의 팔괘무신보다 한 수 위의 존재였다. 그렇다면 손풍무신의 실력은 신주사존과 대등하다고 봐야 했다.

성한 몸이라면 모를까, 지금 싸우면 필패이다.

몽예의 고민을 읽은 손풍무신이 비릿하게 웃었다.

"허허. 너를 도망치도록 놔둘 것 같으냐?"

우우우우우우우우우우.

손풍무신의 몸이 늘어나기 시작했다. 하나에서 둘, 둘에서 셋, 셋에서 넷으로……

결국 아홉 개의 분신을 이루더니, 원형으로 섰다.

그 순간 몽예가 놀라 외치듯 말했다.

"연대구품(連帶九品)?"

소림이 자랑하는 절대신공 중 하나.

그러자 손풍무신이 고개를 저었다.

"아니. 조사께서 남긴 아홉 가지 절대무학, 무신구절 중 보절 손풍구형(巽風九形)이니라."

몽예가 비웃었다.

"같잖은 소리. 그건 연대구품이야."

구파와 오가가 무신진가를 저주하는 이유.

바로 무신진가의 무공은 모두 무신 진무도가 구파와 오가의 비전절기를 강압적으로 수거한 후 연구하거나 조합하여 만든 것이기 때문이었다.

손풍무신은 아니라고 하지만, 그가 익힌 무공 손풍구형은 분명 연대구품이었다.

착각일 리가 없었다. 그가 익힌 무공 중 권제의 유학인 백보신권과 금강부동신이 바로 소림의 것이다.

무릇 끝에 이르면 하나로 통하니, 백보신권과 금강부동신을 완성한 몽예의 눈에는 손풍구형이라는 무공이 낯설지가 않았다.

손풍무신이 말했다.

"내 무공이 연대구품인지, 손풍구형인지가 중요한 게 아니지. 무엇이든 간에 널 죽일 무공이라는 게 중요한 게야."

휘이이이이잉.

손풍무신의 아홉 분신이 휘돌기 시작했다. 그러자 바람이 일어나더니, 결국 폭풍이 되어 어둠에 휘감긴 몽예를 향해 몰아쳤다.

콰콰콰콰콰콰콰!

어둠이 씻기며, 그 안에 숨겨져 있던 몽예의 모습이 드러났다.

어둠을 씻어 낸 폭풍은 다시 돌아와 몽예의 등을 노리고 몰아쳤다.

그 순간 몽예가 휙 몸을 돌렸고, 왼 주먹을 휘둘렀다.

그의 주먹에서 순백의 빛살이 뻗어 나와 폭풍을 향해 튀어 나갔다.

콰아아아아아앙!

빛살에 얻어맞은 폭풍은 아홉 개의 분신으로 뭉쳤고, 다시 한 명의 손풍무신이 되어 바닥에 내려섰다.

손풍무신은 낭패했는지, 바닥에 두 발을 딛고도 잠시 비틀거렸다.

"흐음. 백보신권인가?"

소림이 자랑하는 최강의 무학.

전설에 걸맞은 무시무시한 위력이었다.

하지만 손풍구형 또한 그에 못지않은 위력을 지닌 절대무공이다.

장막처럼 휘감긴 어둠이 사라져 버린 몽예의 모습이 증명했다.

몽예는 피에 절어 있었다.

칼날의 숲을 맨몸으로 돌진이라도 한 것처럼, 온몸에는 상처가 가득했다.

조금 전 손풍무신이 가한 공격, 손풍구형 중 제칠형 풍인폭(風刃暴)이 남긴 흔적이었다. 하지만 그리 심각한 부상은 아닌 듯했다.

그보다는 몽예의 왼쪽 어깨에서 오른쪽 허리까지를 일직선으로 가로지르는 깊고 긴 상흔, 그게 중요했다.

그것은 손풍무신이 갑자기 나타나 급습했을 때 남긴 상

처였다.

손풍구형 중 최절초인 제구형 사풍제(死風祭)로 가한 공격이었다. 그러니 상처는 절대 아물어 들지 않는다. 오히려 더욱 크고 넓게 번질 것이다.

몽예도 그 사실을 깨닫고 있었다.

이 대결은 시간의 싸움이었다.

상처가 몽예를 죽이는 게 먼저인지, 아니면 장칠과 홍한교가 도착해서 손풍무신이 도주하는 게 먼저인지.

손풍무신은 전자가 될 것이라고 자신했다.

"너의 동료는 오지 않는다."

몽예는 듣지 못했는지 그저 가만히 손풍무신을 노려만 보고 있을 뿐이었다.

그러자 손풍무신이 다시 입을 열었다.

"어째서 묻지 않지?"

"그걸 원하는 거 같아서."

"동료가 걱정되지도 않는 게냐?"

몽예가 가볍게 어깨를 으쓱했다.

"지금은 내 걱정하기도 바쁘잖아."

상황에 맞지 않게 여유로운 말투였지만, 손풍무신에게는 오히려 상태가 더욱 심상치 않다는 뜻으로 여겨졌다.

손풍무신은 자신했다.

'이겼다.'

이 싸움은 이제 결과가 예정된 것이다.

그는 몽예라는 강적을 바라보며 며칠 전의 기억을 떠올렸다.

＊　　　＊　　　＊

숭무정은 크게는 둘로 나뉘어 있다.

건양무신을 중심으로 한 온건파. 그리고 남은 곤음무신을 중심으로 풍뢰무신(철혈패왕), 감수무신(청주귀왕), 간산무신, 이화무신이 뭉친 급진파이다.

건양무신은 홀로 온건함을 유지하지만, 다른 다섯 무신이 뭉친 과격파와 대등한 세력을 유지하고 있었다.

그렇다면 손풍무신은?

그는 중도파였다.

그는 건양무신처럼 온건히 앉아 숭무정의 세력이 천하무림을 압도하는 그날을 꿈꾸지도 않았고, 급진파처럼 들불처럼 일어나 천하를 독패 하자는 과격한 야망도 없었다.

그가 바라는 건 복수. 그리고 형제들이 서로를 향해 칼날을 겨냥하지 않기만을 바랄 뿐이었다.

하지만 시간이 흐르며 양측의 분열은 점점 심해졌다. 그러다 결국 사단이 터졌다.

이화무신이 죽은 것이다.

이화무신 진위보는 팔괘무신 중에서도 세력과 실력, 영향력이 가장 처지는 편이었다. 하지만 그가 죽음으로써 팽팽하게 유지되었던 저울추가 온건파 쪽으로 기울게 되었다.

손풍무신의 입장에서는 다행이다 싶었다. 그는 급진파쪽에 힘을 보태어 균형을 유지하는 한편, 급진파 무신들에게 온건파의 뜻을 전하고자 애썼다.

하지만 그건 오히려 급진파의 불만을 샀고, 불안케 했다.

그건 실수였다.

급진파는 결국 숭무정이라는 틀을 깨고 움직이기 시작했다. 그러다 보니 숨겨져 있던 숭무정 예하 세력이 드러나게 되었고, 모종의 무리들에게 공격을 받는 경우가 잦아졌다.

건양무신은 급진파에 자제를 요구했지만, 급진파는 멈추려 하지 않았다.

그러다 결국 이렇게 사천혈사라는 큰 사건을 벌이게 된 것이다.

독자노선을 걷겠다는 무언의 표방이었다. 건양무신 역시 바라던 바였는지, 외면하게 되었다.

이대로라면 숭무정은 둘로 갈라지게 될 것이다.

그때 지금껏 팔괘무신의 내분을 방관하고 있던 숭무정

주가 움직였다.

그는 건양무신에게 사천혈사를 은밀히 지원하여 주라고
명령했고, 손풍무신에게는 직접 나서서 도우라 했다. 그리
고 숭무정주만을 따르는 태택무신에게는 철혈패왕과 손을
잡으라고 명했다.

말씀하기를 개파대전을 열라고 했단다.

드디어 숭무정이 세상에 우뚝 서는 날이 온 것이다.

손풍무신은 기뻐했다. 하지만 모든 무신이 손풍무신과
같지는 않았다. 오히려 자신들의 계획이 인정받았음을 기
뻐해야 할 급진파가 분열되었다.

간산무신은 후방에서 지원하겠다며 성도부로 빠졌고,
감수무신은 아미파에게 복수를 하겠다며 발길을 우회했
다.

손풍무신은 도무지 이해할 수가 없었다. 저들이 원하는
대로 되었는데 왜 이러는 걸까?

나중에 풍뢰무신의 말을 통해 알게 되었다.

숭무정이 우뚝 서는 건 문제가 아닌데, 세운 사람과 세
운 자리에 올라올 사람이 다른 게 문제이지 않느냐는…….

허탈해졌다. 벌써부터 공과를 따지고 들겠다는 심산이
라는 거다.

하지만 우선 세우긴 해야 했다.

누가 그 위에 오르건 손풍무신에게는 아무 상관없었다.

계획을 성사시켜서 승무정을 제대로 세우는 것.

그거면 되었다.

손풍무신이 궂은일을 마다하지 않고 손발이 되어 움직여주니 풍뢰무신도 자연스레 경계심을 지웠다. 그리고 자신의 계획을 대부분 알려주며 주도적으로 참여할 수 있도록 자리를 마련해 주었다.

그렇게 시간이 흘러갔다.

그런데 바로 이레 전에 있었던 일이었다.

손풍무신은 건양무신에게서 한 통의 전갈을 받았다.

내용은 한 줄뿐이었다.

<간산이 죽었다.>

처음에는 내용을 의심했다.

현재 건양무신은 지금 전서구를 날려도 도착하기까지 이틀은 걸릴 정도로 먼 곳에 있었다.

그런 그가 이곳 사천의 수도 성도부에 있는 간산무신의 죽음을 알 리가 없었다. 혹시 안다고 하더라도, 손풍무신 자신이 먼저 알아야만 했다.

하지만 건양무신이 굳이 이런 서찰을 보낼 리도 없고…….

손풍무신은 풍뢰무신을 통해 간산무신의 위치와 상태를

알아볼 것을 요구했다.

풍뢰무신은 반 시진이 지나지 않아, 간산무신은 지금 성도부 한 장원에 앉아서 돈놀이나 하고 있다고 대꾸했다.

손풍무신은 역시 헛소리였구나, 하며 종이를 찢어 버렸다.

그리고 나흘 전, 또 건양무신의 서찰이 왔다.

<감수가 죽었다. 아느냐?>

손풍무신은 이번에도 무시하려 했다. 하지만 뭔가 심상치 않았다.

고리타분하기를 넘어 답답하기까지 한 건양무신이 이런 장난을 칠 이유는 없었다.

만약 건양무신이 보낸 이 서찰의 내용이 맞다면? 반대로 풍뢰무신이 자신을 속이고 있는 것이라면?

손풍무신은 자신의 수하를 움직여 성도부로 보냈다. 사실을 알아내기까지 단 하루면 충분했다.

그리고 무엇이 진실인지를 알 수가 있었다.

쾅!

문을 부서트리며 손풍무신은 실내로 들어섰다. 십여 명의 간부급 수하들을 모아두고 이러저러한 명령을 하고 있던 풍뢰무신이 얼굴을 찡그리며 그를 마주했다.

"무슨 일입니까?"

손풍무신은 버럭 소리쳤다.

"왜냐!"

풍뢰무신의 얼굴이 더욱 일그러진다.

"뭐가 왜냐는 말씀이오?"

"왜 숨긴 거냐! 대체 왜!"

풍뢰무신은 살기까지 띄우는 손풍무신의 모습에 더는 어쩔 수 없다는 듯 한숨을 내쉬었다.

"이각 후에 다시 모여라."

풍뢰무신의 명령에 엉거주춤 서 있던 간부급 무인들이 일제히 문밖으로 사라졌다.

그제야 손풍무신의 입이 다시 벌어졌다.

"어째서냐?"

풍뢰무신은 몸을 돌려, 벽 쪽 탁자에 비치된 술병을 향해 다가갔다.

"한 잔 하시겠소?"

"어째서냔 말이다!"

"칠십 년 묵은 수정방(水井坊)이라오. 청성파의 집법장로라는 자의 처소에서 찾았소. 빌어먹을 말코도사 놈. 이런 귀한 것을 다섯 단지나 숨겨두고 있었지 뭐요. 죽는 날까지 아껴 먹으려던 게지. 이렇게 갈지 모르고. 하하핫. 정말 잘 죽였지 않소?"

"차라리 몰랐다고 해라."

"뭘 말이오? 아! 혹시 감수가 죽은 것도 아신 게요?"

손풍무신의 전신에서 바람이 일기 시작했다. 당장에 폭풍이 되어 풍뢰무신을 날려 버릴 기세였다.

하지만 풍뢰무신은 보이지 않는지, 술병을 들어 입에 가져다 댔다.

어느 순간 바람은 잠잠해졌고, 손풍무신은 힘 빠진 얼굴로 중얼거리듯 말했다.

"대체 이유가 뭐냐?"

풍뢰무신은 그럴 줄 알았다는 듯 담담한 신색을 유지하며 대꾸했다.

"대계가 틀어질까 봐 그랬소. 드시오."

그러며 술병을 손풍무신에게 내민다.

손풍무신은 술병을 받아 들었고, 풍뢰무신은 말을 이어 갔다.

"나라고 형님과 다를 것 같소? 미칠 것 같다오. 무신총에서 개고생만 했던 감수가 죽었다니. 간산 그 덩치만 커다란 겁쟁이 자식이 죽었다니! 화가 나서 이 심장이 터져 버릴 것 같소!"

"그런데 왜 숨겼느냐?"

"말하지 않았소? 대계에 지장을 줄까 봐 그랬소."

"대계? 감수와 간산이 죽었다. 이미 대계는 틀어진 것이나 다름없지 않느냐!"

"아니지요. 아시지 않소? 감수나 간산이 이 계획에 할 일은 아무것도 없었다는 것을? 놈들이 있건 없건 대계에 아무런 지장이 되지 않소. 솔직한 심정을 말씀하시지 그러시오? 뭘 그렇게 숨기시오?"

"맞다. 대계 따위가 무슨 소용이더냐! 그따위 대계 언제든 다시 꾸밀 수 있다. 하지만 죽은 동생들이 되살아날 수는 없어! 어떤 놈이냐! 대계 따위보단 감수와 간산을 죽인 놈을 잡아 쳐 죽여야 하지 않느냐!"

풍뢰무신은 미소를 지으며 크게 고개를 끄덕였다.

"그러실 줄 알았어. 내가 이래서 형님을 좋아한다오."

그리고 다음 순간 바로 미소를 지우더니 눈을 차갑게 빛냈다.

"하지만 이래서 형님께 내 등을 맡길 수가 없어."

"무슨 뜻이냐?"

"형님 말씀이 맞소. 죽은 동생들이 다시 돌아올 수는 없지요. 그러니 어떻게든 대계를 성사시켜야지 않소! 대계는 언제든 다시 꾸밀 수 있다고? 언제? 삼십 년을 참았소. 이제야 대형께서 허락을 해 주셨고, 건양 둘째 형님께 지원하라 명령해 주셨소. 이제야! 다음? 다음 언제? 삼십 년을 더 기다려야 할 수도 있소! 안 그럴 것 같소?"

손풍무신은 입을 굳게 다물었다. 사람이 달라 보였다.
아니, 본래 이런 것을 어렸을 무렵 당시의 얼굴로만 보려
했는지도 모른다.

풍뢰무신이 높아진 언성을 가라앉히며 말했다.

"대계엔 아무런 지장이 없소. 그러니 이대로 밀어붙일
거요. 복수는 나중에. 기필코 할 것이오. 형님이 말리신다
고 해도 내가 나설 것이오. 그러니 지금은 대계에 집중합
시다. 이제 열흘도 남지 않았단 말이오."

손풍무신은 그의 말을 믿을 수 없었다. 말마따나 동생들
의 복수야 하겠지. 하지만 그 목적과 이유가 있기 때문이
지, 제 말처럼 뜨거운 가슴이 시켜서는 아닐 것이다.

이제는 손풍무신의 목소리가 차분해졌다.

"간산과 감수를 죽인 놈들이 변수가 될 것이란 생각은
하지 않느냐? 아니지. 했겠지. 변수가 되지 않을 것이라는
계산이 섰으니, 무시하고 있는 것이겠지."

풍뢰무신이 고개를 끄덕였다.

"그대로요. 간산과 감수를 죽인 놈들은 같소. 문파나 세
력이 아니라, 이제 서른도 되지 않은 애송이 셋이오. 하지
만 나이답지 않게 무서운 놈들이라오. 그중 하나는 기필코
제거해야만 할 놈이고요. 하지만 지금은 아니오. 대계 이
후, 바로 제거합시다."

"내가 처리하마. 어떤 놈들이냐?"

풍뢰무신은 가만히 손풍무신을 바라보다가 한숨을 푹 내쉬었다.

"내 이럴 줄 알았지. 그래서 알리지 않은 게요."

"말하거라. 어떤 놈들이냐?"

풍뢰무신이 의자에 털썩 앉으며 말했다.

"나가는 대로 산조(山鳥)라는 놈을 찾으시오. 그놈이 다 알려줄 것이외다. 어떤 놈들이고, 지금 어디에 있는지까지도."

손풍무신은 손에 쥔 술병을 획 던져 건넨 후, 몸을 돌렸다.

그러자 풍뢰무신이 말했다.

"형님. 이 술, 정말 맛나다오. 내 형제들이 모인 날, 모두 함께 마셨으면 하여, 네 단지를 숨겨두었다오."

"너나 다 처먹어라."

"형님. 그놈은 무서운 놈이라오. 그러니 등을 노리시오."

손풍무신이 획 고개를 돌렸다.

풍뢰무신이 서글피 웃으며 말했다.

"형님. 술 좀 같이 먹읍시다, 우리. 네 단지나 남았단 말이오."

그제야 손풍무신의 눈매가 누그러졌다.

그 길로 나선 손풍무신은 산조라는 자에게서 몽예와 장칠, 홍한교에 대한 정보를 받을 수 있었다.

그 사이 철혈패왕은 몽예에 대한 정보를 상당히 많이 수집해 놓은 상태였다.

산조에게 받은 서류에는 몽예의 정체가 마환광왜이며, 신검무제와 대등한 승부를 나누었다는 등운권협이라는 사실이 적혀 있었다. 그리고 몽예가 바로 제갈세가에서 이화무신 진위보를 죽였던 무총소아라는 정보까지도 적혀 있었다.

손풍무신은 놀랍고 긴장했으며, 기뻐했다.

지난 세월 동안 죽어 버린 형제에 대한 슬픔과 분노를 견딜 수가 없었는데, 바로 다 몽예라는 놈의 짓이라니!

정보대로라면 몽예라는 자는 손풍무신이 승부의 결과를 자신할 수 없는, 나이를 초월한 강자였다. 하지만 이놈 하나만 죽인다면 형제들의 복수를 완수하는 것이나 다름없었다.

손풍무신은 자신의 세력인 질풍종(疾風宗)의 간부 아홉, 손풍구도(巽風九徒)만을 이끌고 바로 추적에 나섰다. 하지만 몽예의 위치는 알 수가 없었고, 그의 동료인 홍한교와 장칠에 대한 정보만을 입수할 수 있었다.

청성제자들과 합류한 것을 보니 비도를 통해 청성파 상청궁을 오를 심산인 모양이었다. 그들을 지켜보고 있으면 분명 몽예가 나타날 것이다.

그 계획을 풍뢰무신에게 알리자, 그는 추혈단으로 비도의 중턱을 막는 방식으로 지원해 주었다.

뻔했다. 추혈단과 몽예들의 싸움을 틈타 기회를 엿보라는 뜻이겠지.

그의 뜻을 무시하려고 했다. 하지만 장칠과 홍한교와 합류하고자 나타난 몽예를 보는 순간 손풍무신은 마음을 고쳐먹었다.

정면으로 승부하면 절대 이길 수 없다는 것을 깨달았기 때문이었다.

그리고 결과적으로 풍뢰무신의 계획에 따르게 되었다.

무총소아이자, 마환광왜이며, 등운권협인 몽예는 이제 죽는다.

바로 나, 손풍무신의 손에!

＊　　　＊　　　＊

죽음을 앞에 둔 사람의 반응이란 제각각이다.

어떤 자는 살려달라고 매달리고, 또 누군가는 모욕하고 비웃으며, 또는 스스로 목숨을 끊는 이도 있다.

그렇기에 손풍무신은 몽예의 반응에 그리 당황하지 않았다. 그저 이 아이는 이렇게 반응하는구나, 하고 여길 뿐이었다.

"졌네. 졌어."

그렇게 말하며 몽예는 한숨을 쉬고 있었다.

졌다, 라.

인생을 도박판으로 치면, 죽음을 패배라고 여기는 족속
이 이러한 반응을 보인다.

그래. 이 싸움이 도박이라면 손풍무신 자신의 승리였다.

손풍무신은 조롱하듯 말했다.

"네 동료는 오지 않는다. 내 수하가 막고 있을 터이니."

"막는다고 막힐 놈들이 아닐걸?"

"너무 믿는군. 하기야 안남의 백야도귀와 해남의 삼일
장문이라면 그럴 만도 하지."

몽예의 눈빛에 이채가 흘렀다.

"호오. 그 사이 우리에 대해서 많이도 조사했구나. 숭무
정답지 않은데?"

"우리답지 않은 건, 네놈을 지금까지 내버려 두었다는
거지."

"그래. 그럴 수도. 그럼 법왕은?"

손풍무신이 눈살을 좁혔다.

"법왕?"

몽예가 그럴 줄 알았다는 듯이 피식거렸다.

"역시 법왕은 노출되지 않았네."

손풍무신은 눈매가 더욱 좁혀졌다.

'또 다른 동료가 있었던가?'

아니다.

떠보는 말일 수도 있었다.

조금 더 시간을 끌어 보자는 수작이겠지.

그런데 몽예가 고개를 절레절레 흔들었다.

"졌네. 졌어. 결국, 법왕의 말대로 되었잖아."

졌다는 게 죽음에 임하는 자세가 아닌, 법왕이라는 자에 대해 승복한다는 것?

수상하다.

그냥 넘길 일은 아닌 듯싶었다.

손풍무신은 잠시 더 대화를 나눠야 할 필요를 느꼈다.

"법왕이라는 자는 누구지?"

몽예는 한숨을 쉬며 말했다.

"있어. 여자 참 밝히는 땡중. 저기 오네."

그때였다.

손풍무신은 뒤편에서 누군가 다가오는 기척을 느낄 수 있었다.

슬며시 몸을 돌리자, 홍의가사를 입은 이국의 청년이 다가오고 있었다.

나타난 청년, 법왕은 득의양양하게 외쳤다.

"봐라, 이 원숭이 놈아! 내 말대로지?"

몽예는 어깨를 으쓱했다.

"그래. 너 잘났다."

"그럼 내가 좀 잘나셨지. 음하하하하하핫!"

손풍무신이 다가오는 법왕을 노려보며 목소리를 낮게 깔아 물었다.

"누구냐?"

"못 들었어?"

"네가 법왕?"

법왕은 고개를 끄덕였다.

"나도 질문 하나 하지. 달마가 동쪽에서 온 까닭이 뭔지 알아?"

뭔 소리일까?

법왕은 대답을 원치 않았는지, 히쭉 웃으며 말했다.

"나한테 쫓겨나서이지. 푸하하하하하핫!"

몽예가 눈살을 찌푸리며 말했다.

"뭔 개소리야."

법왕은 웃음을 멈추며 희한하다는 듯 고개를 갸웃거렸다.

"이게 안 웃겨? 사실 쫓아낸 것까지는 아니고, 이쪽으로 가서 놀라고 설득을 좀 했었지."

몽예는 짜증 어린 표정으로 말했다.

"달마가 누군데?"

순간, 법왕의 표정이 굳었다. 손풍무신조차도 어처구니 없다는 듯 스르르 입이 벌어졌다.

북숭소림의 조사인 달마선사를 모를 수가 있다니.

더구나 몽예는 소림사를 상징하는 절대무공 중 하나인 백보신권을 익혔지 않은가.

몽예는 두 사람의 반응을 둘러본 후, 갑자기 입을 크게 벌리며 탄성을 뱉었다.

"아아! 달마! 난 또 누군가 했네. 알지."

법왕이 눈을 좁혔다.

"누군데? 어디 말해봐."

몽예는 입술만 우물거리며 쭈뼛거리다가, 갑자기 크게 외쳤다.

"지금 그딴 게 중요한 게 아니잖아! 알았어. 네 말대로 야. 내가 틀렸어. 됐어?"

법왕은 팔짱을 끼더니 음흉하게 웃었다.

"음화화화화홧! 이 큰 스승께서 허튼소리를 할 것 같더 냐!"

손풍무신은 법왕을 쓸어 보았다.

이상한 놈이다. 하기야 초록은 동색이라 하지 않던가.

몽예와 함께하는 놈이니 이상한 게 당연하겠지.

문제는 이 법왕이라는 자가 기다렸다는 듯이 갑자기 튀 어나왔다는 점이었다. 그렇기에 상대를 제대로 살피기 위해 지금껏 참아준 것이다.

이 법왕이라는 이국 청년, 정체가 뭔지는 알 수 없지만 하나는 분명히 알 수 있었다.

'강해.'

몽예의 동료인 장칠과 홍한교와 대등한 수준이다.

현 천하무림의 정점인 정도의 십오대고수나 정사중간의 무림팔호, 사도의 강호칠마 수준이라는 거다.

하지만 장칠과 홍한교와 더불어 나타났다면 모를까, 법왕 혼자라면 감당할 만했다.

더욱이 한쪽에서 지금껏 상황을 지켜보고만 있는 금도패옹 추한패가 있지 않은가.

손풍무신은 추한패 쪽으로 눈길을 주었다.

"자네, 이제 쉴 만큼 쉰 것 같지 않은가?"

그러자 추한패는 바로 알아듣고, 철한금도를 굳게 쥐고 일어섰다. 그리고 법왕을 향해 다가갔다.

추한패는 비록 몽예에게 농락당하다가 자살을 기도하려 했지만, 철혈성을 대표하던 고수.

법왕을 이기지는 못한다고 해도, 손풍무신이 몽예를 죽일 정도의 시간은 벌 수 있으리라고 자부했다.

하지만 법왕은 다가오는 추한패가 보이지 않는다는 듯 떠벌려 댔다.

"이 오만방자한 돌원숭이야. 그렇다고 너무 자책하지

는 말아라. 네가 오만해진 건 당연한 게야. 갑자기 눈높이가 달라졌으니, 눈 아래 무엇이 깔려 있는지 보이지 않는게지. 그러니 내가 이제부터 숭무정 놈들이 작정하고 나설것이라고 했을 때, 그래 봤자일 것이라고 웃어넘겼던 게야."

몽예가 짜증을 냈다.

"알았다니까!"

손풍무신은 두 청년의 대화를 더는 들을 마음이 없어,몽예를 향해 걸음을 옮겼다.

위이이이이이잉.

그의 몸이 아홉으로 늘어난다.

"이제 쉴 만큼 쉰 것 같으니, 하던 일이나 계속 하지."

그렇게 말하며 아홉이 된 손풍무신은 몽예를 향해 다가갔다.

그럼에도 몽예는 싸움을 준비하지 않았다. 대신 이제 다끝이 났다는 듯이 어깨를 축 늘어트릴 뿐이었다.

체념한 걸까? 아니다. 뭔가 숨겨둔 비장의 한 수가 있다는 듯하지 않은가.

그러니 손풍무신의 입장에서는 어쩐지 불길했다.

'대체 뭘까?'

몽예가 말했다.

"모르는 모양이니까 설명해 주지. 지난 며칠 사이에 내게 수하가 생겼어."

수하라.

비장의 한 수라는 게 그 수하라는 건가?

"마흔여덟 명씩이나. 아니, 마흔여덟 구(柩)라고 해야 맞
겠지?"

'구(柩)?'

구란 시체를 세는 단위이다.

수하를 죽은 자 취급한다는 건가?

"이놈들이 엄청 대단하기는 한데, 제대로 시험해 본 적
이 없거든. 오늘 한번 시험해 보지."

"그 수하라는 놈들은 귀신이라도 되나? 내 눈에는 보이
지가 않는군."

몽예가 눈을 감더니, 어깨를 들썩였다.

"크크크크큭. 크하하하하핫! 팔괘무신의 눈을 가릴 정
도라니. 정말 대단하지 않아? 크하하하하하하핫!"

손풍무신의 입가에 비웃음이 맺혔다. 그저 시간을 끌려
는 하찮은 수작에 더는 놀아날 필요는 없을 듯했다.

그때, 몽예의 뒤편에서 푸른빛이 아른거렸다.

'눈동자?'

분명 눈동자였다. 푸른 눈동자는 밤하늘의 별처럼 하나
둘씩 떠오르더니, 마흔여덟 쌍을 이루고서야 멈췄다.

손풍무신은 놀라 멈칫했다.

자신의 기감을 흩트리고 이 정도로 가깝게 접근할 수 있는 자가 있다니.

그것도 마흔여덟씩이나!

뭔가 이상했다. 실체가 보임에도 기운이 느껴지질 않는다.

'생기(生氣)가 없어?'

그래서 접근을 눈치채지 못한 듯싶었다.

살아 있는 것은 무엇이든 생기를 지니고 있다. 그건 끊임없이 유동하며 흐름을 만드니, 기척은 지워질 수 없는 것이다.

'절대고수라면 모르겠지만…….'

하지만 저들 마흔여덟이 모두 절대고수일 수는 없었다.

'구라고 했지?'

그래, 이미 죽은 것은 생기를 지니지 못한다.

한데 저들 마흔여덟은 움직이고 있지 않은가.

순간 떠오른 짐작에 손풍무신은 놀라 외쳤다.

"활강시!"

살아 있으되 죽은 것이 있다.

죽었으되 살아 있는 것이 있다.

죽었기에 죽일 수 없고 살아 있으니 살릴 수 없으니, 그것은 죽음을 추앙하며 생명을 만끽하노라.

고루총이라는 사파가 만들어 냈던 악몽.

당시 고루총이 만들었던 활강시의 숫자는 단 열 구 정도에 지나지 않았다. 그럼에도 활강시의 위력과 그들이 만들어 낸 참상은 전설이 되어 아직까지 내려올 정도였다.

활강시라니.

손풍무신은 급히 고개를 저었다.

"그럴 리가 없어."

착각한 것이다. 그럴 리 없어야 한다.

스스스스스스.

마흔여덟 쌍의 눈동자가 점점 커진다.

접근해오는 것이다.

몽예가 감았던 눈을 번쩍 떴다. 그의 눈동자가 등진 마흔여덟 쌍과 닮은 푸른 빛살을 뿜어냈다.

몽예는 손풍무신을 손가락으로 가리키며 말했다.

"들어라, 죽은 것들아. 저것을 주마. 죽음으로 다시 태어난 너희에게 주는 제물이다."

강시들의 기쁘다는 듯이 기괴한 울음을 토해 냈다.

"키키키키키키키."

"크크크크크크크크크크크."

그러며 먹잇감을 노리는 늑대 무리처럼 손풍무신을 둘러싸고 다가갔다.

第五章

　마흔여덟 구의 활강시.

　몽예가 무적강시라고 명명한 이 강시들은 엄청난 힘이었다.

　세력 간의 전투를 상정했을 때, 현재 신검무제가 창립한 무제맹과 비등하다 할 수 있을 정도이다.

　검선과 혼제를 연파하여, 현 무림에 적수를 찾기 힘들 것 같은 몽예조차도 이 마흔여덟 활강시를 상대로는 살아남을 자신이 없었다.

　아마 무신 진무도가 살아서 돌아온대도 그리 다르지 않을 것이다.

　그런 엄청난 힘을 얻었다!

당시 몽예는 그대로 청성산을 올라가려고 했다. 굳이 청성파와 합류하여 비도를 거슬러 올라갈 필요가 없었다.

막는 놈은 죽이고, 부수고 가르면 그뿐이었다.

무적강시라면 충분히 가능했다. 아니, 차고도 넘쳤다.

하지만 법왕이 반대하고 나섰다.

"무적강시는 없는 셈 쳐. 당분간은."

없는 셈 치라고?

대체 왜 그래야 하나?

이 엄청난 힘을 가져다준 사람이 바로 법왕이기에 무시할 수는 없었다. 뭔가 이유가 있을 것이다.

몽예가 되묻기 전에 법왕은 설명했다.

"네 얘기대로라면 넌 이곳 사천에서 팔괘무신 중 둘을 죽였어. 그러니 숭무정이 너를 방관할 리가 없어. 이제부터 조심해야해. 숭무정이 너를 노리고 올 테니."

온다면 오히려 반가울 뿐이다. 애써 찾아다니는 수고를 덜 수 있으니까.

더욱이 무적강시가 있지 않은가.

"놈들이 정면승부 같은 고리타분한 짓을 할 거라고 생각하지 마. 네가 그랬던 것처럼 숭무정은 너의 허를 찌르려고 할 거야. 너를 조사하고, 너를 지켜보며, 네가 가장 방심한 순간에 훅 하고 찔러 오겠지."

조사하라면 하라지.

지켜보라면 보라지.

방심 따윈 하지 않는다.

나타나기만 해 다오. 죽여줄 테니.

"역시 오만해졌어. 그런 점은 예전하고 다르지 않네. 그
랬지. 그러다 한 번씩 당했지."

뭐라는 건지 모르겠다.

"무적강시는 내가 데리고 있을게. 그러다 네가 가장 위
험한 순간, 멋지게 등장해 주지."

네가 멋지게 등장할 순간 따위는 없어.

"내기할까?"

법왕은 그렇게 말하며 자신만만하게 웃었다.

몽예 또한 비슷한 미소를 그리며 말했다.

"좋아. 하자."

                    *   *   *

졌다.

법왕이 너무 과민하게 반응한다고 여겼는데, 그의 말이
옳았다.

오만해졌었다.

아미산에서 백모신원을 만나 천살마체의 굴레를 벗어던
지고 입신의 경지에 올라서는 기연을 얻었지만, 대신 그만

큼 오만해졌던 것이다.

그래서 방심하고 말았다.

법왕이 무적강시를 끌고 나타나지 않았다면, 이 자리에서 손풍무신의 손에 죽게 되었을 것이다.

'몰랐어.'

무신총 안에서의 치열한 삶을 기억하고 그대로 살아가고 있다고 여겼는데, 아니었다.

'목숨을 빚졌네.'

법왕은 그런 마음을 다 짐작한다는 듯 빙글빙글 웃으며 몽예에게로 다가가고 있었다. 그를 상대하고자 나섰던 추한패는 막으려고 움직였고, 그 순간 무적강시 중 셋이 나섰다.

그러자 추한패는 더는 한 걸음도 움직이지 못했다.

추한패가 단 세 구의 무적강시에 저리 긴장한다니.

이미 예상했던 바이지만, 직접 눈으로 확인하니 몽예는 흘러나오는 웃음을 참을 수가 없었다.

"하하하하하핫. 이거 정말 대단한데?"

마흔다섯 구의 무적강시에 둘러싸인 손풍무신 역시 움직이지 못했다. 몽예를 상대할 때보다 긴장하고 있었다.

그 사이 다가온 법왕이 몽예의 몸을 위아래로 훑어본 후 말했다.

"많이 다쳤네?"

말마따나 몽예의 부상은 심했다. 특히 손풍무신의 암습으로 입은 상처는 더욱 깊어져 가고 있었다. 그러니 빠르게 치료를 받아야 했다.

하지만 정작 몽예는 대수롭지 않다는 듯했다.

"이제 내놔."

무적강시의 지휘권을 내놓으라는 뜻이었다.

본래 무적강시는 고루활강대법에 의해 몽예의 의지만을 따르게 되어 있다.

존재하는 것은 모두 혼과 백, 이 둘을 지니니 그 둘이 엮여 령(靈)을 이룬다.

그런데 무적강시는 혼(魂)을 제거당해 오직 백(魄)만이 남아 있다.

그럼으로써 생사의 경계에 존재할 수 있는 것이다.

하지만 혼의 결여는 분명 파탄이라는 결과를 가져올 수밖에 없다. 그것이 섭리이다.

그럼 무적강시는 섭리에서 벗어난 존재라는 걸까?

아니다. 그러한 존재의 방식은 또 다른 섭리를 이룬 신화한 존재만이 가능하니, 백모신원만이 유일하다.

무적강시가 존재할 수 있는 건 고루활강대법에 의해 몽예의 의지로 사라진 혼을 대신하기 때문이다.

그러니 몽예가 있어야 무적강시는 존재할 수 있고, 몽예만이 무적강시에게 명령을 내릴 수 있다.

그런데 그동안 법왕은 몽예의 권한을 인계받았다.

어찌 그럴 수 있는지는 모른다.

법왕이 시키는 대로 했고, 그러니 무적강시는 법왕을 따라 움직였다. 무적강시를 제조한 생사괴의조차도 당황하며, 어찌한 것이냐고 물어볼 정도였다.

그때 법왕은 이리 말했었다.

"나는 윤회의 굴레를 벗어날 수는 없지만, 법을 깨달은 자이니라. 법을 만들지는 못하나, 법을 그 누구보다 잘 알기에, 법의 사이를 비집고 틈새에 머물 수 있느니라."

생사괴의가 알아들을 수가 없어서 대체 그게 무슨 뜻이냐고 묻자, 법왕은 한 마디로 대신했다.

"섭리에 사기 친 거지."

더 알아들을 수가 없는 말이었다.

어찌 되었건 법왕은 몽예에게 권한을 위임받아 지금껏 무적강시를 제어했고, 지금 몽예가 그 권한을 돌려달라는 것이었다.

법왕이 오른손을 내밀었다.

"자."

몽예가 그의 손바닥을 보며 물었다.

"어떻게 하면 되는 거지?"

"그냥 네 맘대로 해. 이건 다 형식일 뿐이니까."

몽예는 그의 얼굴과 그의 손바닥을 번갈아 본 후, 자신의 손을 뻗어 그의 손바닥에 마주쳤다.

"이제 됐어."

법왕은 그렇게 말하며 홀가분하다는 듯 뒤로 한 걸음 물러났다.

그 순간 몽예는 자신의 뇌리에 마흔여덟 개의 고리가 차곡차곡 쌓이는 것을 느꼈다.

뒤이어 마흔여덟 개의 눈이 생기고, 귀가 생기고, 코가 생긴다. 손과 팔이 생기고, 발과 다리가 생긴다.

마흔여덟 명으로 늘어나는 기분이었다.

혼란스러웠고, 헛구역질이 날 만큼 어지러웠다.

몽예가 비틀거리자, 마흔여덟 구의 무적강시가 동시에 비틀거렸다. 몽예의 동작과 똑같았다.

그 틈을 노려 손풍무신이 무적강시의 틈 사이를 비집고 몽예 쪽으로 몸을 날렸다.

쉬이이이이이이이익!

순식간에 손풍무신은 몽예의 앞에 이르렀다. 그의 날카로운 손날이 몽예의 목을 가르려는 찰나, 손풍무신의 몸이 더 앞으로 나아가지 못하고 뭔가에 얻어맞아 옆으로 꺾여 날아갔다.

콰콰콰쾅!

바닥에 길게 고랑을 만든 후에야 멈춰 선 손풍무신은 통증을 삼키며 몸을 일으켰다. 그러며 자신을 가격한 것이 무엇인지를 먼저 확인했다.

그건 한 구의 무적강시였다.

'어느새?'

손풍무신은 팔괘무신 중에서 중간 정도의 실력이지만, 경신 하나만은 제일이라고 자부했다. 무적강시가 강하다는 건 느꼈지만, 자신의 속도를 따라잡을 정도는 아니었다.

손풍무신이 무적강시의 몸을 찬찬히 살펴보았다. 마치 화포에 얻어맞은 것처럼 팔과 다리가 비틀려 있었다.

그제야 눈치챌 수 있었다. 마흔네 구의 무적강시가 힘을 합해서 저놈을 화살처럼 던져버린 것이다.

어처구니가 없었다.

이건 무적강시만이 가능한 전투 방식이리라.

그 사이 무적강시들이 다시 손풍무신을 둥글게 에워쌌다.

무적강시에 가려진 몽예의 목소리가 들린다.

"휴우. 위험했어."

손풍무신은 주먹을 움켜쥐며 말했다.

"이리 나와라. 저 죽지도 살지도 않은 것들의 뒤에 숨어 있지 말고."

돌아온 몽예의 대꾸엔 조롱이 가득했다.

"설마 이제 와서 정정당당하게 일대일로 붙자는 거야?

창피하지도 않아?"

위이이이이이이이잉.

손풍무신의 몸이 아홉으로 늘어난다.

손풍구형의 절초를 발휘하려는 것이었다.

하지만 무적강시 뒤에 가려진 몽예는 가소롭다는 듯 말했다.

"쪽수에 밀리는 것 같은가 보지? 어쩌나. 고작 아홉이라서?"

그러자 그를 둘러싼 마흔네 구 무적강시의 눈동자가 새파랗게 빛났다.

동시에 입을 벌리더니 합창하듯 말한다.

"난 마흔다섯인데."

똑같은 목소리와 똑같은 자세. 그리고 똑같은 표정.

무적강시는 용모만이 다를 뿐 거울에 비친 것처럼 행동하고 있었다.

무적강시가 고개를 왼쪽으로 꺾으며 합창하듯 말했다.

"법왕! 대체 어떻게 한 거지? 이거 엄청난데?"

무적강시가 바라보는 곳엔 아무것도 없었다. 그들의 뒤쪽에 있는 몽예를 따라 행동한 모양이었다.

그대로였다. 몽예의 왼쪽에 서 있던 법왕이 팔짱을 끼며 답했다.

"사용하기 편하도록 최적화시켰지."

대체 뭘 어쨌다는 건지 모르겠지만, 몽예는 정말 자신이 마흔 아홉 명으로 늘어난 듯한 기분이었다.

무적강시에게 명령을 내릴 필요는 없었다. 몽예가 자신의 생각을 떠올리는 순간, 무적강시는 바로 행동했다.

조금 전 마흔네 구가 한 구의 무적강시를 화살처럼 던져 손풍무신의 공격을 막은 것도 몽예가 순간 떠올린 생각을 그대로 행동한 것이었다.

몽예는 아이처럼 웃었다.

"키키키키키키키킥!"

이건 정말 재미난 장난감이다.

그러자 마흔네 구의 무적강시도 따라 웃었다.

"키키키키키키키킥!"

몽예의 눈빛이 몽롱해진다. 그는 무적강시들의 시야 속에 들어오는 장면을 모아서 분류하고, 교차했다.

어지럽지만, 재미났다.

손풍무신의 아홉 분신이 모두 한눈에 들어온다.

"좋아. 해 보자."

몽예는 의식을 셋으로 나누어 마흔넷의 무적강시를 분류했다.

한쪽은 백보신권, 그리고 두 번째는 염왕수를, 마지막은 낭야각으로!

셋으로 구분된 무적강시들이 몽예가 떠올리는 내공의

흐름과 초식에 따라 손풍무신을 향해 달려들었다.

콰아아아아아아아아!

열다섯 구의 무적강시가 뻗은 주먹에서 백색 광채가 튀어나왔다.

백보신권!

하지만 그 위력은 몽예의 십 분의 일도 채 되지 않았다. 더구나 내공의 흐름을 따를 수가 없는지, 백보신권을 발한 무적강시의 몸이 갈라지거나, 툭툭 끊어지는 소리를 쏟아냈다.

하지만 열다섯 구의 권력은 손풍무신의 분신 중 셋을 지워 버릴 수 있었다.

뒤이어 무적강시 중 열다섯이 염왕수를 쏟아냈다. 몽예가 창안한 염왕수는 일패혼이라는 천살마기가 정화된 힘을 사용하는 것이었다.

그러니 무적강시는 염왕수를 제대로 사용할 수 없었다. 당연히 위력은 보잘것없었다. 그럼에도 손풍무신의 분신 중 하나를 지워 버릴 수 있었다.

남은 열넷이 낭야각에 따라 손풍무신을 노리고 달려나갔다.

낭야각은 살의를 갈고 다듬어 그에 따라 행동하는 최고 최악의 실전 무도!

이 역시도 몽예가 직접 선보일 때에 비해 많이 모자랐

다. 더욱이 열넷 모두가 제대로 서 있지 못하고 바닥에 쓰러져 있었다. 손풍무신에게 당해서가 아니었다. 오히려 자신의 손과 발길질에 자신의 몸이 꺾이고 갈라진 탓이었다.

낭야각이라는 무공의 특성이 만들어 낸 결과였다.

낭야각은 감각무도로 이성적인 판단을 지우고 오직 살의와 본능에 따라 움직인다.

그렇기에 그 어떤 무공보다 무섭고 위험하지만, 적과 자신을 동시에 상하게 되는 양패구상의 상황에 이르기 쉽다.

그래서 낭야각을 경지에 이르도록 익힌 사람은 대부분 죽었다. 적이 아닌 자신의 손에 의해서.

하지만 죽어도 죽지 않는 활강시에게는 어울리는 무공인 듯싶다. 백보신권이나 염왕수 보다는 월등히 나은 성과를 보여주고 있으니 말이다.

남아 있던 다섯 명의 손풍무신이 하나로 줄어 있었다. 또한, 하나로 돌아온 손풍무신은 상당한 상처를 입고 비틀거리고 있었다.

몽예가 속삭였다.

"나쁘지 않아. 무적강시를 다룰 때는 낭야각을 사용하는 게 좋겠어."

낭야각을 구사한 열네 구의 무적강시 중 여섯은 팔과 다리 중 한 둘이 떨어져 있었고 다섯은 복부가 갈라져 내장이 쏟아져 나왔다. 나머지 셋만이 팔다리가 반대 방향으로 꺾여 있는 정도에 불과했다.

저들이 사람이었다면, 반 이상이 죽었다. 하지만 무적강시는 꿈틀거리며 일어나려고 발버둥 쳤다. 신체 일부가 잘려나간 무적강시는 잘린 부위를 집어 들고 절단된 부위에 가져다 댔고, 복부가 갈라져 내장이 튀어나온 놈들은 흘러나온 내장을 쓸어 모아 억지로 집어넣고 있었다.

토악질이 날 광경이었다. 하지만 잘린 팔은 붙었고, 내장은 아물어 들었다.

그것이 바로 무적강시, 즉 활강시가 세상을 휩쓴 진정한 힘이었다.

아무리 부숴도 본래의 모습으로 돌아온다.

불생(不生)이며 불사(不死)!

그러니 앞으로 무적강시는 낭야각에 따라 사용하는 편이 나을 것 같았다.

하지만 사용의 빈도는 조절해야 할 것 같았다. 열네 구의 무적강시 중 셋 만을 제외하고는 한동안 사용하기가 힘들 듯하니 말이다.

몽예는 열한 구를 뒤로 빼고, 대신 나머지 서른네 구를 손풍무신에게 접근시켰다.

손풍무신은 이를 으드득 갈며 접근하는 무적강시의 뒤편, 취한 듯이 눈빛이 몽롱한 몽예를 향해 외쳤다.

"이놈! 이게 무슨 해괴한 짓이더냐!"

몽예는 씩 웃었다.

"좀만 더 버텨봐. 아직 시험할 게 많거든."

손풍무신은 눈동자에 핏발이 일어났다. 하지만 분노한 다고 해서 결과는 달라지지 않는다는 것 정도는 알 수 있었다.

졌다.

서른네 구의 무적강시를 상대로 이길 자신은 없었다. 그렇다고 몸을 빼낼 수 있을 것 같지도 않았다.

이렇게 죽다니.

그럴 수는 없다!

'어떻게든 저놈만은!'

손풍무신의 몸이 부르르 떨리며, 뒤로 네 개의 분신을 만들어 냈다. 모든 힘을 끌어모았건만 아홉 개가 아닌 네 개가 한계였다.

네 개의 분신이 손풍무신의 뒤로 일렬로 섰다.

그러더니, 뒤에서부터 앞으로 튀어나와 부딪혔다.

분신 네 개의 중첩된 힘이 본신에게 모였고, 손풍무신은 그 힘에 맡겨 그대로 튀어 나갔다.

이것이 바로 손풍구형의 최절초 사풍제!

최고조의 반 정도의 힘이었지만 몽예를 죽일 최후의 일 격으로 충분하리라!

손풍무신이 앞으로 무적강시가 쏟아지듯 튀어나왔다.

콰아아아아아아아앙!

손풍무신은 무적강시를 부수고 튕겨 내며, 앞으로만 돌진했다. 하지만 무적강시의 숫자는 너무도 많았고, 결국 스물한 구의 무적강시를 튕겨 냈을 때는 더는 나아가지 못하고, 비틀거리더니 무릎을 굽혔다.

바로 코앞, 몽예가 서 있다.

몽예는 그를 내려다보며 입꼬리를 말아 올렸다.

"아쉽겠어."

손풍무신은 이를 갈았다.

몽예가 손을 뻗어 손풍무신의 멱살을 거머쥐고 들어 올렸다.

손풍무신은 죽음을 체감하며 지그시 눈을 감았다. 그런데 훌쩍 공중으로 몸이 떠오르며 뒤로 날아가는 것을 느꼈다.

바닥에 쓰러진 손풍무신은 비틀거리며 일어나 몽예를 노려보았다.

이건 또 뭐하자는 수작일까?

설마 살려주겠다는 건가?

몽예가 웃는 낯으로 설명하듯 말했다.

"말했잖아. 아직 시험할 게 많다고. 그러니까 조금만 더 버텨봐."

손풍무신의 입이 찢어질 듯이 벌어졌다.

"이노오오오오오오오옴!"

몽예의 몸을 가리며 무적강시가 나타난다.

손풍무신은 절망했다. 그리고 짐작할 수 있었다. 몽예의 손에 살해된 세 명의 형제가 얼마나 힘겨운 죽음을 맞이했을지를⋯⋯.

　　　　*　　　　　*　　　　　*

손풍무신의 직속 수하 손풍구도의 임무는 단순했다.

홍한교와 장칠을 유인하여, 손풍무신이 몽예를 죽일 시간을 버는 것.

그게 전부였다. 그렇기에 오히려 불만이었다.

홍한교와 장칠을 얕잡아 보지는 않았다. 풍뢰무신이 조사한 자료대로라면, 둘은 십오대고수에 준하는 고수. 그건 손풍구도 개개인의 실력에 비해 한 수에서 두 수 위라는 뜻이었다.

하지만 손풍구도에게는 아홉이나 하나일 수 있는 합격진, 손풍소하진(巽風溯河陳)이 있었다.

손풍무신이 창안한 진법으로, 그가 그들에게 전수하며 말하기를, 극성에 이르면 자신과도 자웅을 결할 수 있으리라 했다.

물론 삼 푼 정도의 과장된 장담이기에, 정말 그 정도의 위력을 가질 것이라 여기진 않았다. 하지만 홍한교와 장칠 정도는 충분히 감당할 수 있으리라 생각했었다.

그런데 아니었다.

푹!

손풍소하진의 중방을 맡은 손풍오도가 장칠의 칼에 찔려 쓰러지고 있다. 양옆에 위치했던 손풍삼도와 손풍칠도가 틈을 노리며 반격하려 했다.

그 순간 장칠은 그림자처럼 뒤로 물러났고, 대신 홍한교가 튀어나왔다.

그가 휘두른 해왕검에서 검강이 솟구치더니 해일이 되어 몰아친다.

손풍삼도는 바람처럼 몸을 휘돌려 공중으로 튀어 올랐다. 하지만 손풍칠도는 조금 늦어 검강의 해일에 휘말리고 말았다.

"크아아아아아아악!"

내려선 손풍삼도 곁으로 손풍이도와 손풍일도가 모였다. 그들은 손풍오도와 손풍칠도의 죽음을 보고도 분노하지 않았다. 오히려 허탈한 표정을 그렸다.

그들의 죽음이 처음이 아닌 탓이었다.

이제 남은 건 그들 셋이 전부였다. 사도가 가장 먼저 죽었다. 그땐 그저 방심했다고 자책했다. 뒤이어 팔도가 죽었을 때는 분노했으며 구도가 죽었을 때는 뭔가 심상치 않다는 걸 깨달았다. 그리고 육도가 죽었을 때야 비로소 자신들 중에서 살아 돌아갈 사람이 없을지도 모른다는 생각을 했다.

그리고 이렇게 셋이 남아 버렸다.

장칠과 홍한교 역시 무사할 수는 없었다. 장칠은 거의 피로 물들어 있었고, 홍한교는 오른발을 질질 끌고 있었다.

하지만 그들이 뿜어내는 살기는 손풍구도가 처음 나타났을 때보다 더욱 강렬하고 매서웠다.

"자. 이제 끝을 볼 때가 된 것 같은데?"

장칠이 그렇게 말하며, 오른손에 쥔 백귀도를 장난스럽게 휘돌렸다. 시정잡배가 상인을 위협하는 듯이 시건방진 태도와 말투였지만, 손풍삼도들에게는 장수의 호령처럼 무겁게 다가왔다.

홍한교 역시 두 손으로 해왕검을 굳게 쥐며, 자세를 취했다. 그러며 말했다.

"도망친다면 쫓지는 않아. 하지만 안 그러겠지?"

손풍삼도들은 낮게 무릎을 굽혔다. 말마따나 그럴 수는 없었다.

죽음으로써 임무를 완수하리라.

홍한교와 장칠 둘 중 하나만이라도 데려간다!

손풍일도가 양팔을 넓게 피자, 손풍이도가 그의 오른손

의 주변을 휘돌고, 손풍삼도는 왼손을 감싸며 휘돌았다.

휘리리리리리리리리리리리리릭!

손풍일도는 그렇게 양손에 두 개의 태풍을 머금고, 홍한교와 장칠을 향해 튀어 나갔다.

그러자 장칠이 마주 튀어나왔다.

쉬이이이이익!

백귀도가 하얀 귀신이 되어 태풍의 틈새로 스며들더니, 피보라를 일으키고 지나친다.

손풍일도의 오른팔과 손풍이도가 잘려져 나갔다.

하지만 손풍일도는 조금도 머뭇거리지 않고, 홍한교를 향해 발길을 이었다.

그럴 줄 알았다는 듯이 기다리고 있던 홍한교가 해왕검을 내리 그었다.

해왕검에서 한 줄기 푸른 검강이 튀어나오더니 파도가 되어 손풍일도의 왼팔과 손풍삼도를 갈랐다.

양팔이 잘린 손풍일도는 멈추지 않고 그대로 치달았다. 그리고 자신의 정수리를 홍한교의 머리를 노리고 솟구쳤다.

하지만 홍한교는 이 또한 그럴 줄 알았다는 듯이 그대로 머리를 뒤로 빼더니, 다시 앞으로 힘껏 내리찍었다.

콰아아앙!

손풍일도의 머리통이 움푹 들어갔고, 그대로 땅바닥에

박혔다.

홍한교는 비틀거리며 세 걸음 물러선 후에야 자세를 바로잡았다. 그의 머리에서 흘러나온 핏물이 빗물처럼 쏟아져 내렸고, 잠시 사이에 얼굴을 흠뻑 적셨다.

홍한교는 어지러운지 머리를 휘휘 저은 후, 자신을 향해 다가오는 장칠을 향해 말했다.

"왜 날 노린 거지?"

장칠이 백귀도를 집어넣으며 당연하다는 듯 말했다.

"몰라서 물어? 약한 놈을 노린 거지 뭐."

"그럼 너여야 하지 않나?"

"쯧쯧쯧쯔. 머리를 많이 다쳤구나?"

홍한교는 마음에 안 든다는 듯이 콧김을 훅 내뿜은 후, 주변에 널린 아홉 구의 시체를 찬찬히 쓸어 보았다.

"만만치 않은 놈들이었어."

장칠이 장난기를 지우며 고개를 끄덕였다. 만만치 않은 정도가 아니라 무서운 놈들이었다.

만약 보름 전에 마주쳤다면, 이 자리에 두 발로 버티고 서 있는 건 자신들이 아닐 수도 있었다.

장칠과 홍한교는 검선과 혼제의 비전을 통해 자신의 모자란 점을 깨닫고 한 단계 성장했다. 성장이라고 해 봤자 아주 미묘한 차이에 불과했지만, 그 차이가 삶과 죽음이란 결과를 바꾸어놓았다.

그렇다 보니 장칠과 홍한교는 이 싸움의 결과가 뿌듯하기보다 섬뜩했다.

"괜찮습니까?"

장칠과 홍한교는 들려온 목소리에 고개를 돌렸다. 청성제자들과 취원, 나안이 다가오고 있었다.

그들은 갑자기 나타난 손풍구도와 장칠, 홍한교의 싸움에 방해가 되지 않기 위해 숨어 있었다. 도울래야 도울 수가 없었다.

그들의 눈앞에서 벌어진 싸움은 시야에 잡히지 않을 정도로 빨랐고, 찰나에 생사가 오가는 치열한 박투의 연속이었다. 때문에 어설프게 끼어들었다가 방해가 될 것이 뻔했다.

그건 청성제자들에게 치욕이었다.

청성파가 자랑하는 후기지수라고 불리었으며, 지금까지 그것을 당연하다고 여겨 왔는데, 비슷한 연배인 장칠과 홍한교를 보니 자신들의 실력이 얼마나 보잘것없는지를 새삼 깨달을 뿐이었다.

장칠은 다가오는 그들을 못 본 척하며, 홍한교에게 말했다.

"이번은 좀 불안한데, 가 봐야지 않겠어?"

홍한교는 살짝 고개를 끄덕였다.

"좀 그렇지."

몽예가 사라지자마자 기다렸다는 듯이 손풍구도가 나타난 것이 마음에 걸렸다. 더구나 처음 그들이 방벽처럼 자신들을 막으려고만 할 뿐, 목숨을 노리지 않았던 것도 그랬다.

시간을 끌려는 의도가 느껴졌다.

왜?

몽예가 사라진 곳에 그 답이 있을 것이다.

장칠이 슬쩍 홍한교의 다리를 훑어보았다. 심상치 않은 부상이었다. 아무래도 경공을 사용하기엔 무리인 듯싶었다.

"나 먼저 간다."

그렇게 장칠이 말하자, 홍한교는 고개를 저었다.

"업고 가."

"니미."

하지만 장칠은 구겨진 표정과는 달리 업히라는 듯이 등을 내밀었다. 몽예에게 위기가 닥쳤다면 장칠 혼자만으로는 자신이 없었다. 부상이 깊다지만 홍한교의 도움도 분명 필요할 것이다.

그때였다.

몽예가 사라진 방향 쪽에서 수풀이 들썩이더니, 우거진 풀을 가르며 사람 하나가 튀어나왔다.

피골이 상접했다는 표현이 딱 어울릴 정도로 깡마른 사

내였다. 입고 있는 옷은 비렁뱅이라도 고개를 절레절레 흔들 정도로 더러웠다.

하지만 장칠과 홍한교는 반가운 손님을 맞이했다는 듯이 환한 미소를 그렸다.

나타난 사내가 청주귀왕에게서 빼앗은 아귀 중 하나임을 알아본 탓이었다.

법왕이 활강시로 만들겠다면서 데려간 이후, 지금까지 본 적이 없었다. 합류한 몽예가 그들에게 대법은 성공했으며 무적강시라고 명명했다며 자랑했다. 그리고 법왕이 이끌고 뒤따라올 것이라고 알렸다.

장칠은 아직 법왕을 전적으로 믿지 못하기에, 어째서 그러는 것이냐 물었다. 그때 몽예의 대답이 가관이었다.

'멋지게 등장하고 싶어서, 라고 했지?'

의도대로 멋지게 등장했을까?

다가온 무적강시가 장칠과 홍한교 앞에 섰다. 불투명한 눈동자에 갑자기 푸른 빛살이 번뜩이더니, 입이 스르르 열린다.

"아, 아. 들려?"

순간 장칠과 홍한교는 놀라 두 눈이 휘둥그레졌다. 몽예의 목소리였다.

무적강시가 말을 이었다.

"된다. 정말 되네. 거참. 이거 신기한데?"

장칠이 넌지시 물었다.

"몽예? 설마 너냐?"

무적강시가 대꾸했다.

"맞아. 나야."

장칠이 침을 꿀꺽 삼키며 무적강시를 찬찬히 살핀 후,
물었다.

"뭐가 어떻게 된 거야?"

"설명하면 복잡해. 이거 재밌기는 한데, 힘이 좀 드네.
괜히 힘 빼지 말고 따라와."

무적강시는 휙 몸을 돌리더니, 제가 나타난 방향으로 걸
어갔다.

장칠과 홍한교는 그 뒷모습을 잠시 바라보다가 누가 먼
저라고 할 것 없이 걸음을 옮겼다. 그 뒤를 청성제자들과
취원, 나안이 뒤따랐다.

무적강시의 걸음걸이는 더뎠고, 어색했다. 마치 처음 걸
음을 배우는 어린아이만 같았다. 하지만 잠시 사이에 성장
이라도 하는 듯이 안정되어 가더니, 나중에는 점점 빨라졌
다.

장칠과 홍한교는 말없이 그 뒤를 쫓았다.

반 시진쯤 걸었을까?

주변에 추혈대의 시체가 보이기 시작했다. 아니, 시체라
기보다는 추혈대원으로 짐작되는 살덩어리와 핏물이라고

해야 옳았다.

그 참혹한 광경에 청성제자들은 토악질을 해댔고, 취원과 나안 또한 눈살을 찌푸렸다.

하지만 장칠과 홍한교는 익숙하다는 듯이 가볍게 스쳐본 후, 그저 자신들을 안내하는 무적강시의 뒤만 따라 걸었다.

더 앞으로 나아가자, 쉰 명 정도의 사내들이 모여 있는 광경을 볼 수 있었다.

깡마르고, 거적때기 같은 조잡한 옷을 걸친 무리.

무적강시들이었다. 그들은 둥글게 모여서 있었고, 그 중앙에는 뭔가가 꿈틀거리고 있었다.

대체 뭘까?

장칠과 홍한교는 그쪽으로 다가가려다 걸음을 멈췄다. 무적강시들의 뒤쪽에 있는 몽예와 법왕을 발견했기 때문이었다.

법왕이 가볍게 손을 휘저었다.

장칠과 홍한교도 가볍게 손짓으로 답한 후, 그들을 향해 다가갔다.

"어떻게 된 거야?"

다가선 장칠이 몽예를 향해 물었다. 하지만 몽예는 대답하지 않았다. 마치 넋이 나간 듯이 몽롱한 눈으로 무적강시들이 모여 있는 쪽을 바라보고만 있을 뿐이었다.

뭔가 이상하다고 느낀 장칠이 법왕 쪽을 돌아보며 물었다.

"얘 왜 이래?"

법왕이 말했다.

"병정놀이."

"뭐?"

그 순간 한쪽에 모여 있던 무적강시가 양쪽으로 갈라섰다. 그 사이로 엎어져 있는 시체 한 구가 모습을 드러냈다. 아니, 아직 죽은 것 같지는 않았다. 벌레처럼 꿈틀거리고 있었으니 말이다.

홍한교가 물었다.

"저자는 누구지?"

"손풍무신."

몽예의 목소리였다.

장칠과 홍한교가 돌아보니, 몽예의 눈빛이 평소처럼 또렷하게 돌아와 있었다.

장칠이 물었다.

"손풍무신? 뭐가 어떻게 된 거야?"

몽예가 아이처럼 환하게 웃으며 말했다.

"좀 놀았지 뭐. 완전 재밌었어."

*　　　*　　　*

법왕이 대동하고 온 건 무적강시 뿐만은 아니었다. 무적강시를 만든 장본인이자, 현 천하에 의술로 세 손가락 안에 든다고 일컬어지는 생사괴의 역시 함께했다.

그는 어째서 같이 온 것일까?

생사괴의는 본래 무적강시를 완성한 직후 바로 떠나겠다고 했었다. 무적강시를 만들어 주는 것으로 자신과 법왕과의 악연은 끝이 났다고 여겼기 때문이었다.

하지만 몽예를 만난 후 고심 끝에 마음을 고쳐먹었다.

무적강시는 세상에 있어서는 안 될 흉악한 물건이다. 그럼에도 잊고자 했던 고루총의 비전을 사용하여 무적강시를 제조한 건, 법왕을 믿었기 때문이었다.

그가 경험한 이전의 법왕이라면 옳고 그름이 분명했던 사람이기에, 현생의 법왕이라고 해도 다르지 않을 것이라 여겼다.

하지만 그 믿음은 몽예를 보는 순간 깨어졌다. 무적강시의 주인이 된 이 젊은이를 믿을 수가 없었다. 때문에 책임감을 느꼈다.

만약 무적강시를 악용할 경우 그 폐해는 실로 엄청날 것이다.

'그럼 막아야지.'

법왕과 몽예는 모르지만, 무적강시를 제조할 때 생사괴

의는 은밀하게 한 가지 법술을 더 사용했다.

발화신명(發火神命)이라는 것으로, 몇 가지 조건을 갖추면 무적강시가 자연발화 하여 소멸토록 만드는 법술이었다.

오직 생사괴의만이 알고 있으며, 그만이 사용할 수 있었다.

그러니 가까이서 지켜보기로 했다. 몽예가 무적강시로 무엇을 하는지를.

만약 몽예의 행위가 대의에 어긋날 경우, 발화신명을 사용하리라.

그 몇 가지 조건 중 하나가 생사괴의 자신의 목숨을 필요로 하지만, 망설이지 않으리라.

'아직까지는 괜찮아.'

몽예가 무적강시를 사용하여 벌인 짓은 무림일통을 꿈꾸는 강호의 암류 숭무정을 상대함이니 아직은 참을 만했다.

하지만 정도가 지나치다.

굳이 저럴 필요까지는 없지 않은가.

손풍무신은 아직도 꿈틀거리고 있었다. 손가락으로 한 번 꾹 찌르면 마지막 한숨을 끝으로 명을 달리할 것 같은데도, 몽예는 내버려 두라고 했다.

아무리 적도의 수괴라지만, 이건 아닌 듯싶다.

"나를 고치는 거 맞아? 꼭 죽이려는 눈빛이네?"

몽예의 목소리에 생사괴의는 꿈틀거렸다. 그는 몽예를 치료하는 중이었다.

몽예의 부상은 심각했다.

보통 사람이라면 이미 살아 있는 몸이 아닐 것이다.

하지만 입신의 경지에 오른 몽예에게는 죽음을 떠올릴 정도는 아니었다.

절대고수는 선천지기를 다룰 수가 있기에 죽지만 않으면 자연스럽게 상처가 치유된다. 그러니 굳이 치료할 필요도 없었다. 그냥 내버려 두어도, 시간이 흐르면 자연히 아물어 들 것이다.

하지만 그 시간이 문제였다. 몽예는 빠른 회복을 원했고, 천하에 세 손가락 안에 드는 의원인 생사괴의가 곁에 있으니 그의 바람은 그리 어려운 게 아닌 듯했다.

하지만 생사괴의는 치료하다 말고 머뭇거리기를 반복했다.

그의 심정을 안다는 듯이 몽예가 말했다.

"왜? 날 치료하면 또 얼마나 많은 사람이 죽을까 싶어?"

딱 그랬다.

몽예가 또 물었다.

"반대로 내가 빨리 움직여야 몇 사람이라도 더 살 거란 생각은 들지 않아?"

그제야 생사괴의가 입을 열었다.

"당신이 사람을 구하려고 나서는 모습을 떠올릴 수가 없구료."

몽예는 킥킥거렸다.

"맞아. 오히려 한 놈이라도 더 죽이면 죽였지, 그러지는 않을 거야."

몽예의 상처를 매만지던 생사괴의의 손길이 뚝 멈췄다. 이자를 치료해야 하는 걸까?

그러자 몽예가 말을 이었다.

"하지만 말이야. 내가 죽이는 놈들은 앞으로 세상을 피로 물들이려는 것들이지. 들으면 나름 이해가 될 만한 명분도 있어. 다만 그 때문에 죽어갈 사람의 숫자는 엄청날 거야. 내 이 두 손에 묻은 숫자와 비교할 수 없을 만큼 말이야."

"그러니 당신이 그들을 죽이는 게 세상을 구하는 것이다, 뭐 그런 것이오?"

"뭐 그리 거창한 의도는 없어. 그냥 난 죽어 마땅한 놈들을 죽인다는 거지. 세상에 나와서 느낀 건데 말이야. 죽일 놈들이 참 많다는 거야. 그래서 좋더라고."

"난 당신이 무섭소."

"알아. 그래도 당신은 날 치료해야 해. 그래야 세상이 좀 살 만해질 거야."

"만약에 죽어 마땅한 이들을 모두 죽이고 나면, 그 이후엔 어쩌실 거요?"

몽예는 미소를 그리며 가볍게 고개를 저었다.

"그런 일은 벌어지지 않아. 죽일 놈들은 계속 나타나니까."

맞다. 그런 자들은 사라지는 적이 없다.

생사괴의는 멈췄던 손을 다시 분주히 움직였다. 아직 몽예를 지켜보아야만 했다.

이자의 말이 모두 옳다는 생각이 들지는 않았지만, 틀리지는 않으니 말이다.

결국 손풍무신이 죽었다.

본래 장칠은 그가 죽기 전 고문을 가하여 현 청성산 내에서 숭무정이 꾸미고 있는 일과 진행 과정을 알아내려 했었다. 하지만 그를 살펴본 후 바로 고개를 저었다.

그 어떤 고문을 가하더라도 더 이상의 고통을 줄 수 없다는 판단이 섰기 때문이었다.

그만큼 몽예가 무적강시의 활용법을 알아보겠다며 손풍무신을 상대로 한 시험은 참혹하고 끔찍했다.

손풍무신을 고문했다면 알아낼 수 있는 것들이 참 많았을 텐데……

하지만 그리 아쉬울 건 없었다.

풍뢰무신의 오른팔, 금도패옹 추한패가 있기 때문이었다. 그라면 손풍무신에 못지않게 아는 것이 많을 것이다.

아니, 더욱 많은 것을 알고 있을지 몰랐다.

하지만 추한패는 무림에서 손꼽히는 호한. 그의 입이 쉽게 열릴 리 없었다.

"죽여라. 나를 통해 알아낼 수 있는 건 아무것도 없을 터이니!"

추한패는 손풍무신의 참혹한 죽음을 보았음에도 그렇게 호언장담했다. 하지만 장칠은 그런 그가 가소롭다는 듯이 비웃으며, 어깨에 짊어지고 숲 속으로 사라졌다.

잠시 후부터 추한패의 것이라고 짐작되는 비명 소리가 울려 퍼지기 시작했다.

모골이 송연한 비명은 반 시진 가까이 이어지더니, 어느 순간 뚝 멈췄다. 그와 동시에 장칠이 사라졌던 수풀을 가르며 홀로 나타났다. 그리고 자신을 바라보는 이들을 향해 빙긋 웃으며 말했다.

"좀 오래 걸렸지? 아는 게 꽤 많더라고."

第六章

　상청궁.

　위진남북조시대에 건립된 도가 사원으로, 구대문파 중 청성파가 탄생한 곳.

　하지만 도관을 눌러쓴 도인은 보이지 않고, 검은 무복을 입은 무리만이 분주히 오가고 있었다.

　풍뢰무신의 수하들이었다.

　그들이 한눈에 내려다보이는 전각의 처마 위에 한 사내가 뒷짐을 쥔 채 서 있다.

　바로 풍뢰무신이었다. 그의 눈동자는 분주히 오가는 수하들을 쫓지만, 머리는 어제부터 연락이 없는 추한패와 추혈단에 대한 걱정으로 가득했다.

'설마 당하기라도 했다는 건가?'

그럴 리 없었다.

몽예라는 놈. 그리고 그의 동료인 홍한교와 장칠.

분명 무섭고 위험한 적이다. 하지만 손풍무신과 손풍구
도라면 충분히 감당할 만했다.

더욱이 추혈단을 미끼로 삼아 틈을 노리게끔 했고, 그래
도 혹시 몰라 추한패를 근처로 보내 지원할 수 있도록 의
도했다.

그 정도면 당할 리 없었다.

'혹시 놈들이 도주하여 추적하고 있는 중인가?'

그렇다면 납득할 수 있었다. 하지만 아무리 그렇다고 해
도, 추한패는 연락을 취해 올 터였다.

'뭔지 모르겠군.'

답답하다.

알아보려면 충분히 알아볼 수 있을 거리이지만, 돌아가
는 상황이 급해져서 추적을 위해 파견할 수 있는 인원이
없었다.

이제 무제맹과의 대전이 세 시진 정도밖에 남지 않았기
때문이다.

본래 이틀 후 정도로 예정되었는데, 무슨 일인지 신검무
제가 마음을 바꿔 먹고 바로 오늘 밤을 기해 청성산을 오
르겠으니 준비하라고 했단다.

그러니 놈들이 도착하기 전에 서둘러 막바지 준비를 마쳐야만 했다.

"흐으으음."

오랫동안 준비했던 대사(大事)이건만, 조금씩 뒤틀리고 있다. 꽉 물려 돌아가던 톱니바퀴에 단단한 자갈이 끼어든 기분이었다.

본래 그라면 욕심을 버리고, 다음을 기약할 터였다. 하지만 이제 고작 세시진 밖에 남지 않으니 그러한 결단을 내리기가 쉽지 않았다.

더욱이 조금씩 비틀린 정도일 뿐, 상황은 그가 꾸민 계획에 따라서 돌아가고는 있었다.

그렇기에 더 불길했다. 마치 보이지 않는 손이 있어서 자꾸 등을 떠미는 기분이었다.

그때였다.

대전을 오가고 있던 수하 중 하나가 갑자기 비틀거렸고, 그의 손에 들려 있던 목궤가 미끄러져 떨어지고 있었다.

그러자 풍뢰무신이 사라지더니, 수하의 앞에 나타났다. 그의 손에는 미끄러지던 목궤가 들려 있었다.

수하는 놀라며 급히 고개를 수그렸다.

"죄, 죄송합니다!"

풍뢰무신은 차가운 눈으로 수하를 쏘아보며 말했다.

"내가 이 궤짝을 목숨처럼 다루라고 했을 텐데, 혹시 너만 듣지 못했던 것이냐?"

"드, 들었습니다."

"그럼 네놈은 본래 네 목숨을 이리 쉽게 여기었느냐?"

수하는 연거푸 고개를 수그렸다.

"죄송합니다. 죄송합니다. 용서해 주십시오."

풍뢰무신은 목궤를 부드럽게 쓰다듬었다.

"이 안에는 진천뢰라는 물건이 들어 있다. 평소 때라면 칼로 내리찍어도 아무렇지 않은 쇳덩어리에 불과하지만, 약간의 장치를 조작하면 달걀만큼 쉽게 깨어지지. 지금이 그런 상태이다. 혹시 내가 말하지 않았느냐?"

"마, 말씀하셨습니다."

"그럼 진천뢰가 무슨 물건인지를 말하지 않았던 게냐?"

"그 또한 말씀하셨습니다."

"내가 뭐라고 했더냐?"

"반경 십여 장에 있는 건 모조리 잿더미로 만드는 무시무시한 폭약이라 하셨습니다."

"맞다. 내가 그리 말했을 것이다. 이것이 떨어졌다면 십중팔구 너는 죽었을 것이고, 네 동료의 목숨 역시 무사하지 못했을 게다. 또한 네 동료가 들고 있는 진천뢰 역시 터졌을 것이며, 이 상청궁은 먼지가 되어 사라졌겠지. 그렇지 않겠느냐?"

"죄송합니다. 죄송합니다."

"죄송할 것 없다."

스윽.

수하의 목 위로 길죽하게 선이 그어지더니, 머리통이 툭 하고 떨어졌다.

풍뢰무신은 휙 몸을 돌려, 자신을 지켜보고 있던 수하들을 향해 외쳤다.

"바로 오늘이다! 오늘 우리는 무제맹을 제물로 삼아, 숭무정이 강호무림의 주인으로서 모자람이 없음을 알릴 것이다! 오늘을 견뎌라! 오늘을 버텨라! 그러면 내 너희가 바라던 것보다 더한 영광된 미래를 선사하마! 그러니 내 말을 명심하라!"

수하들은 일제히 고개를 숙였다.

풍뢰무신은 가장 가까이 있는 수하에게 목궤를 넘긴 후, 몸을 날려 본래 서 있던 처마 위에 내려섰다.

진천뢰를 들고 분주히 오가는 수하들을 내려다보며, 속삭인다.

"아무리 변수가 있다 한들, 달라질 건 없어."

그럴 것이다.

이제 고작 세 시진이 남았다.

세 시진만 견디면, 무제맹은 상청궁과 함께 잿더미가 될 것이다.

그래야만 했다.

"역시 그랬군."

몽예 일행은 추한패를 고문하여 풍뢰무신의 계획이 무엇이었는지를 알 수 있었다.

풍뢰무신이 청성파를 치고 그 자리에 똬리를 틀고 앉은 채 움직이지 않았던 목적은 두 가지.

첫 번째는 무제맹의 창립을 유도하기 위함이었다.

어째서일까?

숭무정의 입장에서는 백도의 구파오가와 사도의 이부삼성은 쓰러트려야 할 적이었다. 지난 세월동안 숭무정이 일군 세력은 엄청났지만, 구파오가와 이부삼성을 한꺼번에 상대할 수 있을 정도는 아니었다. 그러니 각개격파함이 옳았다.

그런데 왜 신검무제에게 명분을 주어서 구파오가와 이부삼성 중 삼 할 이상이 연맹한 무제맹을 창설하도록 유도한 것일까?

무제맹이 이대로 성장한다면 숭무정으로서도 승리를 장담할 수 없는 거대한 세력이 될 것임은 그들도 알 텐데……

바로 두 번째 목적이 있기 때문이었다.

청성산 상청궁에 수백 개의 진천뢰를 매설한 후, 자신들을 죽이기 위해 쳐들어온 무제맹을 잿더미로 만들겠다는 계획.

장칠의 설명을 들었을 때, 몽예는 이렇게 이죽거렸다.

"숭무정 놈들. 참 폭탄도 많네."

과거 무신총에 탈출할 때, 놈들이 설치했던 폭약의 양도 엄청났다는 사실이 떠오른 탓이었다.

어찌 되었건 성공만 한다면, 숭무정은 구파오가와 이부삼성 중 삼 할 정도에 해당하는 거대한 힘을 잿더미로 만들 수 있었다.

나쁘지 않은 계획이었다.

하지만 길게 본다면 어리석은 짓이었다.

바로 화탄을 사용했다는 점 때문이었다.

본래 화포와 폭탄은 나라에서 관리한다. 아무리 관부가 무림세력을 토호 세력으로 인정하여 상당한 자유를 허락한다지만, 화포와 폭탄의 관리와 사용에 대해서는 엄하게 대처했다.

그러니 그들의 계획은 성공하더라도 이 나라의 진정한 주인인 황실과 척을 지게 될 가능성이 높았다.

숭무정이 아무리 대단하다지만, 십만 대군을 상대할 수는 없다.

화탄을 사용했다는 것이 들키지 않을 자신이 있다는 걸

까?

그럴 수는 없다.

현재 청성산은 온 세상의 주목을 받는 대사건으로, 황실의 눈도 곳곳에 박혀 있었다.

그러니 속이려고 해도 속일 수 없다.

몽예가 속삭였다.

"놈들, 황실과 손을 잡았어."

그렇게 볼 수밖에 없었다. 그렇다면 상청궁을 단숨에 날릴 수 있을 정도로 많은 화탄을 어찌 모을 수 있었는지에 대한 답도 찾을 수 있었다.

황실에서 빼내 왔었을 테니까.

숭무정.

파내면 파낼수록 더욱 크고 엄청난 것들이 튀어나온다.

하지만 몽예는 오히려 즐겁다는 듯했다.

왜일까?

"죽일 놈이 점점 더 많아지잖아."

어찌 되었던 시간이 없었다.

추한패에게 들을 대로라면, 바로 내일, 아니 이제 세 시진 후, 전쟁이 시작된다.

아무것도 모르는 무제맹은 단숨에 상청궁까지 쳐들어올 것이고, 그들이 도착한 순간 숭무정은 폭탄을 터트려 신검무제와 무제맹의 무인을 제물로 삼아 화려한 불꽃의 축제를 벌일 것이다.

막아야 한다!

"왜? 뭘?"

몽예는 그렇게 되물었다.

"뭘 막아. 같이 즐겨야지. 화려한 축제잖아."

섬뜩한 표현이었다.

장칠이 되물었다.

"좋아. 그런데 어떻게 즐기려고?"

몽예의 눈동자가 새파랗게 빛을 발했다.

"이제부터 생각해 봐야지. 아직 세 시진이나 남았잖아."

낙안애를 지나온 몽예 일행은 어느새 청성 전산 안으로 들어서 있었다.

이제부터는 비인오도 중 광저(狂猪)의 영역이었다. 방준명의 연락을 받고 나타난 광저는 마치 기다렸다는 듯이 일행을 안내했다. 몽예를 보자마자 도망쳤던 나안이나 취원과는 전혀 다른 태도였다.

몽예들이나 무적강시의 기이한 모습을 보면서 의문을 느꼈을 법도 한데, 아무것도 묻지 않았다. 그저 묵묵히 비도를 안내할 뿐이었다.

"누군가의 지령을 받았네."

몽예가 그렇게 속삭였고, 장칠과 홍한교, 법왕은 맞다는 듯이 고개를 끄덕였다.

딱 주인의 명령을 받은 종복과 같은 태도였다.

아니나 다를까, 광저의 영역이 끝이 날 무렵, 한 노인이 모습을 드러냈고, 광저는 그의 등 뒤에 섰다.

기묘한 외모의 노인이었다.

눈이 있어야 할 부위는 눈동자 대신 큰 흉터가 자리해 있었다. 몸을 깡말랐으며, 입고 있는 옷은 헤지고 찢어져 팔뚝과 허벅지가 다 드러나 있었다.

하지만 바람이 불면 쓸려 날아갈 듯한 외모에 걸맞지 않게 오른손에 날카로워 보이는 검 한 자루를 들고 있었다.

그런데 어찌 된 일인지 손에 쥔 검은 맹인 노인과 너무도 잘 어울렸다.

맹인 노인이 범상치 않은 사람임을 느낀 홍한교와 장칠이 긴장하여 표정을 굳혔다.

하지만 몽예는 그저 가볍게 노인을 쓸어 본 후 피식 웃음을 흘렸다.

가장 뒤쪽에서 따르던 청성제자들 중 방준명이 급히 뛰어나와 노인 앞에 무릎을 꿇었다.

"방준명이 사조님을 뵙습니다."

역시나.

맹인 노인이 바로 비인오도 중 호선이며, 신래칠존이 나타나기 이전까지 천하제일검이라고 불렸던 전대고수 추양자였다.

맹인 노인의 정체가 추양자라는 것을 안 화매봉과 장천수도 급히 뛰어나와 방준명의 양측에 자리하더니 무릎을 꿇고 절했다.

"제자 화매봉이 태사조님을 뵙습니다."

"제자 장천수가 태사조님을 뵙습니다."

추양자는 그들의 인사를 무시하고 검을 들어 올려 몽예를 가리켰다.

"늑대를 쫓겠다고 마귀를 불러들였구나."

몽예가 장칠 쪽으로 고개를 돌리며 말했다.

"너보고 마귀라는데?"

장칠이 어이가 없어 콧김을 훅 뿜었다.

"너도 눈이 먼 거야? 저 노인장의 검 끝이 널 가리키잖아."

추양자가 외치듯 말했다.

"물러가거라, 인두겁을 쓴 마귀야."

몽예가 어깨를 으쓱했다.

"왜 그래. 쫓아낼 거면 여기까지 부르지도 않았을 거면서. 하고 싶은 말이 뭐야?"

추양자가 그제야 검을 내렸다.

"보이지 않기에 볼 수 있는 것이 더 많은 법이니라. 상처는 시간이 흘러 아물기를 기다리는 것이지, 상처를 낸

자를 아프게 한다고 하여 낫지는 않더라. 그러니 참고 용
서하며, 흘려보냄이 옳다."

몽예가 고개를 끄덕였다.

"그렇지. 아마 그럴 거야."

"그런데 어찌 온 것이냐, 마귀야! 아파하는 이들이 이리
많은 곳에 더 무슨 상처를 만들려 찾아온 게냐!"

"눈이 멀지 않아서."

"날 희롱할 셈이냐?"

"아니. 말 그대로야. 난 눈이 멀지 않아서, 보이는 것만
봐. 내게 상처를 낸 놈이 버젓이 웃고 떠들며 돌아다니는
꼴이 보이는 거지. 어떻게 해야겠어? 당신처럼 내 손으로
내 눈을 빼버릴까? 그건 못 하지. 그럼 내 눈에 보이지 않
도록 만들 수밖에 없잖아. 안 그래?"

"그렇다고 위안이 될 것 같으냐!"

"해 보고 나면 알겠지. 위안이 될지, 안 될지는."

"어리석구나."

"내가 사람이라서 그럴 거야."

추양자가 천천히 검을 내렸다.

"그게 사람이더냐?"

몽예는 무겁게 고개를 끄덕였다.

"아마도."

추양자는 한숨을 푹 쉬더니, 속삭였다.

"나도 아직 사람인 게로구나."

몽예가 빙긋 웃었다.

"그럴 거야. 그러니 검을 아직 놓지 못했잖아."

추양자의 얼굴이 일그러졌다. 그는 오른손에 들린 검을 왼손으로 천천히 쓸어내리며 중얼거렸다.

"결국 놓을 수가 없더라."

"못 놓을 거야. 그러니 차라리 더 굳게 쥐어."

"그러면 어찌 되느냐?"

몽예가 잠시 고민하더니, 단언하듯 말했다.

"사람 중엔 가장 검을 잘 다룰 수 있을 거야."

추양자의 입매가 꿈틀거렸다. 그러더니 다시 한숨을 쉰다.

"사람을 버리고서라도 얻으려 했거늘, 사람이 되어야만이 얻을 수 있었구나."

"보아하니 이미 알고 있었던 것 같은데?"

추양자는 느리게 고개를 끄덕였다.

"알았지. 알고 있었지. 알면서도 몰랐던 게야."

"노인네, 우리 어렵게 말하지 말자. 어쩔 거야?"

"상청궁에 올라가면 뭘 할 셈이냐?"

"닥치는 대로 죽일 셈이야."

추양자가 버럭 소리쳤다.

"그게 사람이 할 짓이더냐!"

그러자 몽예는 빙긋 웃었다.

"사람이니까 할 수 있는 짓이지."

추양자는 갈등되는지 인상을 쓰며 입술을 굳게 다물었다. 그러더니 몸을 돌렸다.

"따라오거라. 조사전까지 안내해 주마."

"그리고?"

"도울 것이 있다면 도우마."

몽예가 장칠과 홍한교, 법왕을 둘러보며 말했다.

"일이 술술 풀리는데?"

                    *   *   *

몽예와 추양자의 대화는 일종의 대결이었다.

칼과 주먹질이 오가고, 피와 살이 튀어 올라야만이 싸움은 아니다. 새 치 혀로 일구어 내는 언어는 때론 칼날보다 예리하고 주먹질보다 매섭다.

논검비무(論劍比武)라고 하여 일정한 경지를 넘어선 무인들은 자신의 초식을 구술하여 합을 나눔으로써, 상대방과 자신의 실력을 견주어 보기도 한다.

바로 몽예와 추양자의 대화가 그랬다. 다만 초식을 구술하는 것이 아니라, 무도(武道)를 논했을 뿐이다.

아니, 서로 논의하기보다는 추양자가 몽예에게 가르침

을 구한 것이라고 해야 했다.

추양자는 사람이 무로써 이룰 수 있는 한계라는 절정지경의 끝에 이르러 있었다.

단 한 걸음만 내디디면 사람의 틀을 깨고 신을 엿볼 수 있다. 그렇다면 또 한 명의 절대고수가 이 세상에 모습을 드러내는 것이다.

하지만 수십 년 동안 추양자는 그 한 걸음을 내디딜 수가 없었다.

무려 수십 년 동안 그는 그 한 걸음을 내딛기 위해 무수한 노력을 했다.

청성의 포근한 품이 자신을 안주하게 만드나 싶어서 파문을 요청하고 박차고 나왔다. 혹여 도움이 될까 싶어서 신분을 감춘 채 비무행를 나서기도 했고, 내공이 부족한 탓일지도 모른다는 생각에 수많은 영약을 구해 먹기도 했었다. 혹여 청성의 무공이 가진 한계일지도 모른다는 불만에 무수한 무공 비급을 구해 익혀보기도 했다.

하지만 그 많은 노력에도 불구하고 추양자는 한 걸음을 내디딜 수가 없었다. 오히려 노력의 과정 중에 내력의 흐름이 역류하여 두 눈을 잃는 불상사를 겪게 되었다.

결국 추양자는 포기하기에 이르렀다. 사람이기까지 포기한 채, 짐승처럼 청성산을 떠돌며 남은 생을 보내기로 마음먹었다.

그런데 어째서인지 그의 손에는 검 한 자루가 꼭 쥐어져 있었다. 내버려도 이튿날이면 일어나자마자 찾아가 검을 꼭 쥐어 들었다.

모든 걸 다 버릴 수 있이도 검 한 자루만은 결코 버릴 수가 없었다.

그때 이미 추양자는 깨달았다, 바로 이 마음이 한 걸음을 내디딜 수 없는 이유임을.

그리고 알게 되었다, 바로 자신이 한 걸음을 내딛기 위해 버려야 할 것은 바로 이 검이었음을.

하지만 안다고 해서 행할 수 있는 건 아니다.

오히려 뼈저리게 자신이 한 걸음을 내딛지 못함을 깨닫고 오히려 더욱 좌절했을 뿐이었다.

그리고 시간이 흘렀다. 추양자는 그저 살았다. 청성파의 몰락을 지켜보면서도 도움을 줄 생각을 하지 못했다. 그저 살아가는 것만으로도 힘겨운데, 누구를 돕고 무엇을 할 수 있을까?

그런데 오늘 인두겁을 쓴 마귀, 몽예를 만나서 그는 수십 년의 고민을 날려 버렸다.

검을 버릴 수 없으면 차라리 꼭 쥐어라. 그러면 사람 중엔 가장 검을 잘 다룰 수 있을 것이다.

몽예의 그 말은 추양자를 다시 눈뜨게 한 기분이었다. 사실 그 역시도 알고 있던 바였다. 하지만 할 수가 없었다.

안다고 해서 할 수 있는 게 아님을 뼈저리게 깨달아 온 세월 덕분이었다.

그리고 겁이 난 탓이다. 원하는 것을 얻기 위해 노력한 세월이 아무런 대가를 주지 못할 때 느끼게 되는 좌절을 다시 겪고 싶지 않아서이다.

하지만 해 보기로 했다. 이유는 단순했다. 이제 살 날이 얼마 남지 않았음을 느끼는 탓이었다.

추양자는 며칠 전부터 단전 속의 내공이 슬며시 풀려 나와 흩어지고 있었다. 운기행공을 통해 내공의 누수를 막으려고 해 보지만, 마치 손길에 잡히지 않는 연기처럼 그렇게 빠져나올 뿐이었다.

하늘이 정한 수명이 다해가는 것이다.

허망하고 안타까웠다. 그리고 억울했다. 뭐라도 하나 남기고 떠나야겠다는 욕심이 울컥하고 튀어나왔다.

뭘 할까?

한때 그의 모든 것이었지만, 버리고 외면했던 사문 청성파.

얼마 남지 않은 삶을 청성파를 위해 살자.

그래. 사람이었던 거다.

수십 년을 발버둥 쳤지만 결국 사람으로 살다가 사람으로 가는 거다.

그렇게 추양자는 그대로의 자신을 받아들였다.

명문대파는 어디든 조사와 역대 장문인의 위패(位牌)를 모시는 전각이나 비동이 마련되어 있다.

청성파 역시 마찬가지였다. 하지만 청성파의 조사동은 어디에 있는지 아는 사람이 거의 없었다.

청성파의 본산제자들도 대부분이 조사동이 상청궁에서 그리 멀지 않은 곳에 있다는 것만 알 뿐, 어디에 있는지는 몰랐다.

화매봉, 장천수조차도 살아남기 위해 도주했던 그날에야 비로소 조사동의 위치를 알 수 있었다. 그리고 지금 돌이켜 보면 그건 상당히 당황스러운 기억이었다.

조사동의 위치는 상청궁의 바로 뒤쪽에 있는 자그마한 정원으로, 청성파의 본산제자들이 매일같이 지나치던 곳이었다.

그리고 조사동에 들어서 얼마 지나지 않아 드러난 출구를 나오니 어느새 청성 전산의 중턱에 이르러 있었다. 조사동의 통로가 산 아래를 향해 일직선으로 뚫려 있었다고 해도, 그렇게 빨리 내려올 수는 없었다.

그 덕분에 숭무정의 추적을 잠시 뿌리칠 수 있었지만, 아직도 의문스러운 점이었다.

그 비밀이 일행을 안내하고 있는 추양자의 입에서 흘러나오고 있었다.

"청성산에는 허혈(虛穴)이라는 공간이 여럿 존재한다."

허혈?

"최초의 도교라던 오두미도가 청성산에서 탄생한 이유이지."

허혈은 오두미도의 창시자인 장릉이 처음 발견했다고 한다. 그는 일부 제자들에게만 허혈의 존재를 전하며, 신선이 살았던 흔적일 것이라고 했다.

그것이 오두미도의 방계라 할 수 있는 정일도의 후예인 청성파가 허혈의 존재를 알 수 있었던 이유였다.

허혈은 존재하나 존재하지 않는 공간이다. 분명 존재하지만 인식할 수 없다. 오직 누군가에게 존재함을 듣고 보고 느낀 다음에야 비로소 이러한 공간이 있음을 알 수 있다.

허혈 안에서는 시간이 느리게 흐른다. 처음 장릉이 허혈을 발견했을 때는 아예 시간이 흐르지 않았다고 했다.

공간의 크기도 다르다. 어떤 허혈은 들어서는 순간 바깥에서 느꼈을 때의 수백 배를 넘는 거대한 공간을 드러내고, 어떤 허혈은 반대로 주먹 하나 들여놓기 힘들 정도로 좁다.

그리고 허혈은 서로 연결이 되어 있었다. 실제의 거리와 상관없이 허혈을 통하면, 수백 장 이상 떨어진 다른 허혈까지 단 몇 걸음 만에 닿을 수 있었다.

어째서 그럴 수 있는지는 지금까지도 밝혀지지 않았다. 그렇기에 신선이 머물렀던 흔적이라고 여기는 것이다.

본래 허혈은 이십여 개 정도가 존재했었단다. 하지만 시간이 흐르며 허혈은 점점 사라졌고, 이제 단 세 개만이 남았다.

"그중 하나가 조사동이었고, 남은 둘 중 하나가 너희들이 도착할 출구이지."

추양자의 긴 설명은 그렇게 끝났다. 하지만 대부분은 믿기 힘들다는 눈치였다.

몽예와 법왕만이 이해한다는 듯한 눈치였다.

"이 산에도 신(神)이 된 존재가 살았군."

몽예가 그렇게 중얼거렸다. 그는 허혈을 이미 경험한 적이 있었다. 백모신원에게 붙잡혀 갔던 구름만이 가득하던 공간. 그곳이 바로 허혈이었다.

이곳 청성산에도 백모신원과 같은 위대한 존재가 머물렀던 것이다. 허혈이 사라지는 것으로 보아서는 그 존재는 이젠 이곳에 머물지 않는 듯했다. 아니면 소멸했거나…….

몽예가 법왕을 향해 고개를 돌렸다. 전생을 통해 영생하는 자, 법왕이라면 여기에 머물렀던 위대한 존재를 알까?

법왕은 시선의 의미를 바로 깨닫고 고개를 저었다.

"나도 몰라. 오래 산다고 해서 모든 걸 다 알 수는 없지."

몽예는 고개를 끄덕였다.

하지만 신기했다. 백모신원과 같은 존재가 또 있었다는 것이.

그런 생각을 하는 사이 일행은 출구를 통해 허혈로 들어설 수 있었다.

추양자는 말없이 일행을 이끌었고, 이 다경 정도의 시간이 흘렀다. 어둠이 가셔 가더니 사방에 위패가 놓여 있는 사방 십 장, 높이 이 장 정도의 공동이 모습을 드러냈다.

그제야 추양자의 걸음이 멈췄다.

"조사전이네."

모두가 혀를 내둘렀다. 청성 전산의 중턱에 위치한 출구에서 정상인 조사전까지 이렇게 짧은 시간 안에 오를 수 있다니.

도무지 믿기가 어려웠다. 그렇기에 추양자를 의심했다.

추양자가 말했다.

"허혈의 존재는 한 번 들컸다고 해서 인식할 수 있는 게 아니다. 그러니 조사전 내에 적들이 들어왔을 리 없지. 하지만 저 앞, 허혈의 경계 너머는 조심하여야 할 것이다."

추양자가 그들이 들어왔던 곳의 반대편을 가리키며 말했다.

백여 걸음 정도 길이의 통로가 놓여 있고, 그 너머에 입구가 보였다. 거리가 짧으니 바깥의 풍경을 엿볼 수도 있었다.

그런데 갑자기 입구에서 네 명의 청의무인이 들어섰다.

장칠이 순간 칼을 뽑아 들고 튀어 나가려 했다. 그때 추양자의 손을 뻗어 장칠의 앞을 가로막았다.

"그럴 필요 없다."

그 사이 청의무인들은 통로를 지나쳐 공동에 이르렀다. 무인들의 시선이 몽예 일행 쪽을 향했다.

들켰다.

놈들이 신호를 보내 침입자를 알리기 전에 서둘러 제거해야 했다. 그래야 잠시나마 시간을 벌 수 있을 것이다.

장칠이 다시 튀어 나가려고 했다.

그때 추양자가 말했다.

"저들은 우리를 보지 못한다."

그의 말처럼 청의무인들은 몽예들을 코앞에 두고도 아무것도 보지 못했다는 듯이 고개를 옆으로 돌렸고, 제자리걸음을 반복하다가 몸을 돌려 들어왔던 통로 쪽으로 빠져나갔다.

장칠이 뽑았던 칼을 집어넣으며 말했다.

"신기한데?"

말마따나 신기한 일이었다.

몽예가 털썩 주저앉으며 말했다.

"잘 됐네. 여기서 한 시진만 쉬자."

몽예의 부상은 아직 완치되지 않은 상태였다. 하기야 아무리 생사괴의의 치료를 받았다지만, 고작 한 시진 정도만에 그토록 큰 상처가 아물기를 바랄 수는 없었다.

더구나 홍한교의 상처도 그리 가볍지 않았다.

부상이 완치되길 바란다면 한 시진이 아니라, 며칠은 쉬어야만 할 터였다.

하지만 앞으로 두 시진 후, 숭무정과 무제맹의 전쟁이 시작될 것이다.

몽예가 말했다.

"그런데 이상하지 않아?"

장칠이 그의 옆에 털썩 주저앉으며 말했다.

"뭐가 또 이상한데?"

"아까 들어왔던 놈들 말이야."

"그놈들이 뭐?"

"몰랐어? 남궁세가의 정복을 입고 있었잖아."

"어?"

장칠의 눈이 커졌다. 그러고 보니 그랬다.

홍한교가 물었다.

"설마 그 사이에 무제맹이 쳐들어와 숭무정을 물리치고 청성산을 수복했다는 건가?"

몽예의 눈매가 얇게 좁혀졌다.

"그런 것 같지는 않고. 냄새가 나. 이거 우리가 아직 모르는 게 좀 있는 거 같은데?"

잠시 고민하던 몽예가 벌떡 일어섰다.

"잠깐 나가서 염탐 좀 하고 올게."

장칠이 덩달아 일어났다.

"그 몸으로 염탐은 무슨 염탐. 내가 갔다가 올게."

"괜찮아. 기다리고 있어."

장칠이 몽예의 어깨를 붙잡았다.

"인마. 내가 딴 건 모르지만, 은신술 하나는 너보다 나을 거야. 내가 다녀올게."

몽예가 피식 웃었다. 그러더니 안개처럼 뿌옇게 변하더니, 이내 흩어져 버렸다. 덕분에 그의 어깨를 붙잡았던 장칠의 손은 받침이 사라진 탓에 그대로 아래로 떨어져 내렸다.

"뭐, 뭐야?"

놀란 장칠이 몽예를 찾아 주변을 두리번거렸다.

그러자 사방에서 몽예의 목소리가 흘러들었다.

"뭐긴 뭐야. 은신술 하나마저도 내가 너보다 낫다는 거지. 그럼 다녀올게."

그 말을 끝으로, 바람 한 줄기가 통로를 지나쳐 입구 너머로 빠져나갔다.

몽예가 사라진 것으로 짐작한 장칠이 홍한교를 향해 투덜거렸다.

"몽예 저 자식, 너무 잘난 척이지 않냐?"

그때 허공에서 퉁명스러운 한마디가 터져 나왔다.

"나 아직 안 갔다."

순간 장칠의 표정이 굳었고, 지켜보고만 있던 홍한교가 한숨을 내쉬며 고개를 절레절레 흔들었다.

*　　　*　　　*

몽예가 무신총에서 살아남을 수 있었던 건 스승처럼 여기는 당명진의 보살핌 때문이지만, 그 외에도 흑심잠무라는 은신법의 도움이 컸다.

흑심잠무는 수십 년 전, 중원 오대살수 중 일인이었던 흑심객의 독문무공으로 스스로 모습을 드러내지 않으면 무신총의 주인이었던 무총사왕조차도 느끼지 못했을 만큼 은밀함을 자랑했다.

덕분에 몽예는 무신총 안에서 얻었던 무공 중에서 흑심잠무를 가장 깊이 익혔고, 지금에 이르러서는 본래 주인이었던 흑심객조차 불가능했던 성취를 얻을 수 있었다.

흑심잠무(黑心潛霧), 무공명 그대로 몽예는 검은 마음을 숨긴 안개가 되어 상청궁 곳곳을 흐르고 누비었다.

몽예가 바로 옆을 스쳐 지나가도 알아채는 사람은 아무도 없었다.

그렇게 몽예는 상청궁 곳곳을 흘러 다니며, 진천뢰가 매장된 위치를 대부분 파악할 수 있었다.

도합 마흔세 개였다.

적다고 할 수는 있지만 진천뢰의 위력을 감안한다면, 어지간한 성 한 채 정도는 거뜬히 무너트릴 만했다.

하지만 매설된 위치가 어색했다. 몽예는 자신이 파악한 진천뢰가 매설된 마흔세 곳의 위치를 떠올리고, 머릿속에 그림을 그려 보았다.

진천뢰 사이의 간격이 너무 좁았다. 폭발 범위가 중첩되어 사방 이백 장 안으로 한정되어 있었다.

그 범위 안에 무제맹 일만 무인을 모조리 몰아넣는 건 무리였다. 기껏해야 이삼백 명에 불과할 터였다.

풍뢰무신은 바보가 아니다. 그는 철혈패왕이라는 가면을 쓰고 십수 년 동안 철혈성을 이끌었던 거물이었다.

그렇다면 폭발범위를 중첩하여 배치한 이유가 있을 것이다.

'그 이유가 뭘까?'

범위를 중첩함으로써 얻을 수 있는 장점은 범위 안쪽에 한하여 폭발의 위력을 배가시킬 수 있다는 것이었다.

진천뢰의 위력은 뛰어나기는 하지만, 절정 이상의 고수라면 살아남을 수 있다.

하지만 그 정도로 중첩하여 위력을 배가시켰다면, 몽예

자신이라고 해도 살아남을 수 있다고 자신할 수 없었다.

'그렇다면 무제맹의 고수급만을 진천뢰의 폭발 범위 안에 몰아넣고 몰살시키겠다?'

그게 가능할까? 신검무제 역시 바보가 아닐 텐데…….

마음에 걸리는 것은 더 있었다.

몽예가 둘러본 바대로라면 현재 상청궁 안에 있는 숭무정 무인의 숫자는 이백 정도에 불과했다. 하지만 예상하기를 청성산 위에 있는 숭무정 무인의 숫자는 칠백 이상이었다.

오는 중에 추혈단을 몰살시켰다지만, 그래도 사백이나 모자랐다.

더구나 칠백이라는 숫자는 숭무정 중 오직 철혈패왕, 즉 풍뢰무신을 따르는 수하를 추정한 것이었다.

숭무팔종 중 다른 종파에서 지원 병력을 보냈음이 확실했고, 그렇다면 숫자는 그 몇 배가 넘어야만 했다.

그렇다면 나머지는 어디에 있는 걸까?

진천뢰를 운용할 만한 최소 병력만을 남긴 채 나머지는 상청궁 주변에 숨어둔 것일까?

또 하나, 상청궁 내의 숭무정 무인들이 모두 남궁세가의 정복 차림을 하고 있다는 것도 마음에 걸렸다.

몽예의 뇌리에 진천뢰의 중첩된 배치와 사라진 기천에 해당하는 숭무정 무인들, 그리고 남궁세가의 정복이라는 의문이 꼬리를 물고 이어진다.

어느 순간 몽예의 눈빛이 환하게 타올랐다.

답을 찾았다!

"그랬군. 숭무정은 무제맹을 없애려는 게 아니라, 먹으려는 거였어."

갑자기 터져 나온 몽예의 외침에 놀란 숭무정 무인들이 무기를 뽑아들며 두리번거렸다.

안개가 되어 흘러 다니던 몽예가 본래의 모습으로 돌아와 땅에 내려섰다.

"누, 누구냐!"

"침입자다!"

몽예는 시끄럽게 외쳐 대며 자신을 향해 몰려드는 숭무정 무인을 향해 비릿하게 웃었다.

실수한 게 아니었다.

일부러 모습을 드러낸 것이다.

굳이 숨어 있을 필요가 없으니까.

오히려 서둘러야 했다.

몽예는 숭무정 무인을 향해 손짓했다.

"자. 시간 없으니까 어서들 와라."

　　　　*　　　　*　　　　*

"침입자다!"

"침입자가 있다!"

조사전에 있던 사람들은 입구 너머에서 들려오는 소리
에 벌떡 일어섰다.

장칠이 칼을 뽑아들더니 한 걸음 앞으로 나서며 말했다.

"봐. 은신술은 내가 낫다니까."

홍한교는 한숨을 내쉬었고, 둘은 누가 먼저랄 것 없이
입구를 향해 튀어 나갔다.

법왕이 그 뒤를 이었고, 그다음엔 무적강시들이 어미를
쫓는 오리 새끼처럼 일렬로 줄지어 빠져나갔다.

추양자가 검을 뽑아들고 청성제자들을 향해 말했다.

"너희는 여기 있거라. 이곳만은 안전할 것이야."

하지만 방준명은 듣지 못했단 듯이 오히려 먼저 앞으로
나섰다.

추양자가 얼굴을 찡그리며 뭐라 말하려 하자, 방준명이
먼저 입을 열었다.

"여기는 청성산이고 저는 청성파의 장령제자입니다."

그러자 추양자는 입을 굳게 다물었다. 장천수와 화매봉
이 걸어 나와 방준명의 등 뒤에 섰다.

방준명이 말했다.

"너희는 여기에……."

장천수가 고개를 저으며 단호히 말했다.

"저희 역시 청성파의 제자이지요."

방준명은 어쩔 수 없다는 듯이 고개를 끄덕였다. 그리고 입구 쪽을 노려보며 외치듯 말했다.

"가자!"

쉬이이이이익!

방준명과 장천수, 화매봉은 화살처럼 달려나갔다. 그 뒤로 추양자가 뒷짐을 쥔 채 걸어갔다.

남겨진 자리, 생사괴의는 주섬주섬 자신의 짐을 풀며 속삭였다.

"모쪼록 살아만 오시게. 그러면 고쳐드릴 수는 있으니까."

第七章

    비둘기 한 마리가 상청궁 하늘 위를 노닐다가 상청궁 바로 위쪽에 위치한 노군각으로 들어섰다.

    그 안에 앉아 있던 풍뢰무신이 기다렸다는 듯이 내려서는 비둘기를 낚아챘다.

    비둘기 발에 매달린 전서통을 열어, 그 안에 있는 자그마한 종잇조각을 꺼낸다.

    적혀 있는 글귀는 한 줄뿐이었다.

    <무제맹, 천사동 진입>

    풍뢰무신의 입매가 부들부들 떨렸다.

건복궁은 청성 전산의 중턱에 위치한 도가의 성지로, 청성파의 관문 역할을 하는 곳이었다.

그곳에 무제맹이 들어섰다는 정보였다.

이제 한 시진 반 정도만 지나면 무제맹이 상청궁에 도착할 것이었다.

드디어 시작이다.

풍뢰무신은 흥분을 참을 수 없어, 벌떡 일어섰다. 그리고 바로 측면에 놓여 있는 탁자 위 호로병에 손을 가져갔다.

호로병 안에는 일을 마친 후 형제들과 함께 축배를 들겠다던 술, 수정방이 담겨 있었다.

하지만 함께 기쁨을 나누고자 모일 형제는 몇 되지 않을 듯했다. 더구나 아직까지 손풍무신의 연락이 없는 것을 보면 최악의 상황을 고려해야 했다. 가슴 아픈 일이었다.

풍뢰무신은 술병을 높이 들어 올린 후, 하늘을 향해 속삭였다.

"먼저 간 형제들아, 지켜보아라."

복수는 해 준다.

대업을 마친 후, 가장 먼저 몽예라는 놈을 잡아 죽인 후 너희들의 제사상에 올릴 것이다.

그러니 지켜보거라.

나를.

우리의 대업을!

풍뢰무신은 들어 올렸던 호로병을 자신의 입가에 가져다 댔다. 그리고 그 안에 담긴 술을 한 모금 마시려는 찰나, 바깥에서 시끄러운 외침이 쏟아졌다.

"침입자다!"

"침입자가 있다!"

풍뢰무신은 눈살을 찌푸렸다.

침입자라니.

'하필 이 시점에……'

풍뢰무신은 호로병을 내려 탁자에 올려놓았다. 좀 아쉽지만 할 수 없었다.

"역시 축배는 대업을 마친 후에 들어야겠지."

그렇게 속삭인 후, 풍뢰무신은 바깥을 향해 걸어나갔다.

노군각을 벗어나 상청궁에 도착한 풍뢰무신은 순간 걸음을 멈췄다.

"저게 뭐지?"

나무?

흑 일색의 커다란 나무였다. 그런데 뻗어 나온 가지가 마치 살아 있는 듯이 일렁거렸고, 가지마다 수하들이 마치 잎사귀처럼 꿰뚫린 채 고통스러운 비명을 질러 대고 있었다.

순간 풍뢰무신은 자신의 눈이 잘못된 것이 아닌가 의심했다.

하지만 지금 이 순간에도 터져 나오는 수하들의 날카로운 비명은 자신의 눈에 들어오는 광경이 실제임을 알려주고 있었다.

"으아아악!"

그 사이에도 나무에서는 송곳 같은 가지가 튀어나와 숭무정 무인의 복부를 뚫고 높이 들어 올렸다.

나무의 주변으로 수하들이 둥글게 모여 공격을 할 기회를 엿보고 있지만, 그들의 표정엔 두려움이 가득했다.

풍뢰무신은 침을 꿀꺽 삼킨 후 내력을 끌어모았다.

그 힘을 예리하게 다듬어 나무를 엿본다.

그러자 나무의 안쪽에 숨겨져 있는 사람의 모습을 찾을 수 있었다.

'고수!'

대체 어디서 이런 고수가 갑자기 나타난 걸까?

지금 그런 걸 따질 시간이 없었다. 그 잠시 사이 저 나무 형태의 검은 강기에 꿰뚫려 죽은 수하가 어림잡아 스물 이상은 되는 듯했다.

수십 년 동안 기다려 온 날이었다.

이제 고작 한 시진 반이 남았는데, 저건 또 뭐란 말이냐!

아니다.

좋은 일이 있기 전엔 항상 마가 낀다고 하지 않던가.

풍뢰무신은 오른손을 활짝 폈다.

휘이이이이이잉.

그의 손바닥 위에서 빛살이 번쩍이며, 휘돌더니, 칼의 형상을 이루었다.

무신구절 중 도절인 풍뢰신도!

풍뢰무신은 풍뢰신도를 굳게 잡고 검은 나무를 향해 튀어 나갔다.

쉬이이이이이익!

풍뢰신도가 만들어 내는 날카로운 기운을 버티지 못하고, 검은 가지가 갈라지며 떨어져 나갔다.

그대로 나무의 몸통을 가른다.

번쩍!

번개가 내리찍은 듯이 검은 나무는 터져 나갔고, 그 안에 숨겨져 있던 몽예가 입으로 피를 뿜으며 뒤로 날아갔다.

하지만 풍뢰무신은 몽예의 상처가 그리 깊지 않다는 걸 깨닫고, 다시 공격을 가하려 몸을 날렸다.

하지만 사라졌던 검은 강기가 몰려들어, 풍뢰신도에게 마주 날아왔다.

콰아아아아아앙!

풍뢰무신은 몸을 휘돌린 후 내려섰다. 그는 땅에 발이

닿자마자 다시 공격을 가하기 위해 몸을 날리려 했다.

하지만 순간 발을 멈췄다. 검은 강기가 사라져 드러난 몽예의 모습이 너무 어려서 놀랐기 때문이었고, 그 용모가 어디선가 보았다는 기억이 있는 탓이었다.

"몽예?"

몽예가 이마를 타고 흐르는 피를 손등으로 닦으며 물었다.

"나를 아나? 난 처음 보는 것 같은데?"

말마따나 직접 만나 본 적은 없었다. 하지만 용모파기가 그려진 그림은 본 기억이 있었다.

형제들을 죽인 자!

"손풍 형님은 어찌 되었느냐?"

몽예는 씩 하고 웃었다.

"어떻게 되었을 것 같아?"

풍뢰무신은 이를 으드득 갈았다. 몽예가 여기에 있다는 건, 손풍무신은 죽었다는 뜻일 수밖에 없었다. 그럼 추혈 단이나 추한패 역시도 마찬가지겠지.

내심 예상했던 바이지만, 아닐 거라고 외면했다.

추혈단이 미끼 역할을 하게 했고, 손풍무신과 그의 직속 수하인 손풍구도가 나섰다. 혹시 모를까 싶어 추한패를 보내 지원까지 하라고 했다.

현재 상청궁 내에 있는 승무정의 세력보다 오히려 두 배쯤 강한 전력이었다.

그만한 전력을 나누어 보냈던 이유는 변수가 될지도 모를 몽예 일행을 확실히 제거하기 위함이었다.

그런데 오히려 당하다니.

하지만 성과는 있었나 보다.

몽예에게서 손풍무신의 흔적을 찾을 수 있었다. 가슴을 가르는 상처, 그건 분명 손풍무신의 독문무공이자 무신구절 중 하나인 손풍구형에 의한 상처였다.

손풍구형은 위력적인 면에서 무신구절 중에서 아래쪽에 속했다. 하지만 손풍구형의 풍음진기는 내부에 침투하면 절대고수라고 하여도 쉽게 몰아낼 수 없다는 장점이 있었다.

몽예의 상처에는 분명 풍음진기가 스며들어 있었다. 저정도라면 풍뢰무신 자신이라고 해도 최소 반년 이상은 정양해야만 나을 수 있을 듯했다. 혹여 몽예가 자신보다 한수 위라고 해도, 최소 수십 일은 침상에서 보내야 할 것이다.

몽예의 동료라던 홍한교와 장칠이 보이지 않는 것으로 보아서는 그들은 당한 모양이었다.

'결국 저 녀석은 내 손에 죽기 위해 올라온 것이나 다름없구나.'

풍뢰무신은 긴장을 풀고 굽혔던 무릎을 폈다. 그 모습에 몽예는 가소롭다는 듯 미소를 그리며 말했다.

"왜? 내가 만만해 보이나 봐?"

풍뢰무신은 고개를 저었다.

"그럴 리가. 그저 네놈을 죽일 자신이 있기 때문이다."

"자신까지야. 충고하는데 죽일 수 있을 때 죽이는 게 좋아."

"충고는 고맙게 받아들이지. 네놈에게 입은 피해만큼 말이야. 하나 묻고 싶구나. 왜냐? 너는 왜 우리를 그토록 괴롭힌 게냐?"

"내가 좀 남 잘되는 꼴을 못 보거든. 그래서라고 여겨. 대화를 나누고 싶은 모양인데, 그럼 나도 몇 가지 궁금한 것 좀 묻자. 왜 무제맹을 삼키려는 거지?"

풍뢰무신의 눈이 커졌다.

"무슨 소리냐?"

"뭘 여기까지 와서 숨기려 그래. 맞잖아. 당신이 이 난리를 부렸던 이유잖아."

풍뢰무신은 가만히 몽예를 노려보다가 말했다.

"왜 그렇게 생각하는 게냐?"

몽예가 어이없다는 듯이 고개를 절레절레 흔들었다.

"이런. 하여간 머리 좋은 것들은 음흉하다니까. 단순하게 가면 차라리 빠르고 쉬울 텐데, 꼭 일을 꼬고 어렵게 만들어서 망치고 말지. 알았어. 내가 설명해 주지. 당신의 진짜 계획을 말이야."

*   *   *

사천혈사.

철혈성의 성주였던 철혈패왕이 봉명성과 연합하여 사천 무림의 삼대 세력 중 하나이자 오대세가 중 하나인 사천당문을 공격하면서 시작된 사건.

당문은 자력으로 위기를 타파하기 힘들어 손이 닿는 세력에 도움을 요청했으나, 대부분의 세력은 외면한다.

하지만 남궁세가만이 받아들여 천하제일인인 신검무제 남궁진악이 직접 사천으로 나서니, 철혈성과 봉명성의 야욕은 꺾이고 만다.

여기서 사건은 일단락되는 듯했으나, 신검무제는 뒤늦게 도착한 다른 세력을 모아 연맹체를 만들 결심을 한다. 그러나 그의 야망은 실현되기 어려웠다.

다른 세력이 굳이 신검무제를 주인으로 모실 이유가 없었기 때문이다. 그런데 갑자기 철혈패왕이 자신을 추종하는 세력만을 이끌고 청성파를 급습하여 멸문에 가까운 피해를 입힘으로써 신검무제의 야망은 현실화되기에 이른다.

그러니 철혈패왕, 즉 풍뢰무신은 무제맹의 탄생에 가장

큰 공헌자라고 할 수 있었다.

대체 왜 그랬을까?

추한패를 고문하여 알아낸 대로는 무제맹을 결성토록 하여 제갈세가를 제외한 오가와 아미파, 봉명성, 철혈성을 단숨에 제거하기 위함이라 했다.

하지만 추한패도 알지 못하는 음모가 하나 더 있었다.

"풍뢰무신, 당신이 진정 원하는 건 무제맹의 궤멸이 아닌, 무제맹을 손아귀에 넣는 것이야."

몽예의 말에 풍뢰무신은 가당치 않다는 듯 웃음으로 대했다.

"허허허허헛. 말 같지 않은 소리. 그게 가능할 수 있다면 좋겠지만, 그게 되겠느냐? 내가 무슨 수로 무제맹의 주인이 될 수 있다는 거냐."

"물론 당신이 무제맹의 맹주가 될 수는 없지. 하지만 무제맹의 맹주가 될 수 있는 사람과 손을 잡을 수는 있잖아."

풍뢰무신의 표정이 굳었다.

"내가 신검무제와 손을 잡았다는 게냐?"

"그럴 리가. 신검무제를 죽일 수는 있어도 손을 잡을 수는 없지. 대신 신검무제가 죽은 후에 무제맹의 맹주가 될 사람과 손을 잡았겠지."

"신검무제가 죽은 후에 무제맹주가 될 사람이라. 그게

누구냐?"

"누구겠어? 굳이 내 입으로 말해 줘야 해?"

"말해 보거라."

"남궁학. 신검무제의 친손자."

풍뢰무신이 다시 미소를 지었다.

"허허허허헛. 우습기만 하구나. 남궁세가의 가주께서 나와 손을 잡았다? 조부인 신검무제와 가문을 배신하면서 까지?"

"응. 그랬을 거야."

"대체 그가 왜 그런단 말이냐."

"나야 모르지. 내가 묻고 싶네. 왜 그는 당신과 손을 잡은 거지?"

풍뢰무신의 얼굴이 다시 딱딱하게 굳었다.

"네놈의 짐작이 틀렸다는 생각은 하지 않느냐?"

"전혀."

풍뢰무신은 가만히 몽예를 노려보았다. 몽예는 그의 눈을 피하지 않고 마주 대했다.

무겁고 불편한 시간이 흘렀고, 어느 순간 풍뢰무신의 입이 열렸다.

"맞다. 사천혈사는 나와 남궁학이 함께 꾸민 계획이지."

*　　　*　　　*

무제맹이 드디어 철혈패왕을 단죄하기 위해 청성산에 올랐다.

이 전쟁의 결과를 두고 의견을 나누는 사람은 아무도 없었다. 달걀을 뭉개 버리겠다고 바위가 굴러가는 꼴이나 다름없기 때문이었다.

세상이 보기엔 철혈패왕의 추종 세력과 무제맹의 전력은 그 정도로 차이가 났다. 그러니 이 전쟁의 이후, 무제맹이 어떠한 행보를 보일까 만이 관심의 대상이었다.

무제맹은 일시적인 연합으로 끝나지 않을 것이었다. 그들은 세력의 유지와 확장을 위해 새로운 적을 만들어 낼 것이 뻔했다.

적으로 삼은 대상이 아예 없어질 때까지 무제맹이라는 바위는 멈추지 않고 굴러갈 것이다.

청성산이 바로 그 시발점이 될 것이었다.

강호 전복을 꿈꾸는 암류, 숭무정의 존재를 아직 모르는 세상의 눈에는 그렇게만 보였다.

청성산의 정상으로 이어지는 산로는 좁고 가파르다. 그러니 일 만에 가까운 무인이 일시에 오르기는 무리였다.

그러니 구 할에 가까운 이들이 중턱인 천사동 무렵에서 낙오되었다. 그들이 원하는 바가 아니라, 신검무제를 대신

하여 무제맹의 대소사를 책임지는 남궁세가의 가주 남궁학의 명령 때문이었다.

"일만 맹도가 모두 청성산 상청궁까지 오르는 건 무리외다. 굳이 그럴 필요도 없지요. 그럼에도 모두를 이끌고 천사동까지 올라온 건 본 맹이 총력을 다해 철혈패왕을 단죄한다는 모양새를 세간에 보이기 위함이었을 뿐이외다."

그렇기는 했다.

일 만 맹도가 모두 상청궁까지 오르려 한다면, 며칠이 걸릴지도 몰랐다. 차라리 정예만을 추려 오르는 게 나았다.

그래야 시간도 적게 걸릴 게고, 이 전쟁도 쉽게 풀릴 것이다.

하지만 일천 명이라는 숫자는 아무래도 부족한 듯했다. 추정되는 철혈패왕의 추종 세력의 숫자는 칠백 정도.

그러니 피해를 최소화하기 위해서는 삼천 정도는 필요하지 않을까?

남궁학은 그런 의견을 제시하는 간부급 인사들에게 이리 말했다.

"아니요. 사실 일천도 많습니다. 오르는 중에 다시 추려 이백 정도로 줄일 생각입니다."

간부들은 놀랐다.

이백이라니.

그건 너무 적다.

그렇게 말하며 거부하는 이들을 모아 두고 남궁학은 설명했다.

"저희 남궁세가에서 미리 손을 써 두었소이다. 사실 상청궁은 거의 정리된 상황이오."

상청궁이 정리되어 있다?

무슨 소리일까?

남궁학은 이리 말했다.

"철혈패왕 그자가 굳이 청성산에 머무른 이유가 무엇이겠소? 내려오지 않은 것이 아니라, 내려올 수 없었던 거외다. 사실 청성산은 본가가 장악한 지 오래요."

오르는 와중에 지금껏 본 적 없는 남궁세가의 무인들이 이따금 나타나 무제맹에 합류했었다. 나름 남궁세가에서 많은 준비를 했다는 인상을 받았지만, 이 정도일 줄은 몰랐다.

그러면 대체 왜 철혈패왕을 제압했음에도 지금껏 숨겨 왔던 걸까?

그 질문에 남궁학은 이리 설명했다.

"무제맹의 미래를 위해서이지요."

철혈패왕이라는 적이 없다면, 무제맹은 탄생할 수가 없었다. 그러니 무제맹이 안정적으로 성립될 때까지 철혈패왕이라는 적의 존재를 지켜야만 했으리라.

하지만 그렇다고 해도 뭔가 수상쩍었다. 왜 굳이 이제
와 이런 사실을 말하는 걸까?

"사실 조부께서는 청성산이 이미 정리되었음을 끝까지
숨기라 하셨소. 그리한다면 이후 있을 논공행상에서 본가
의 식솔에게 조금 나은 대우를 해 줄 수 있기 때문이지요.
하지만 내 생각은 다르외다. 무제맹의 요직이 본가의 사람
으로 모두 채워진다면, 이 어찌 연맹이라 할 수 있겠소. 그
러니 공적은 나누어야 함이 옳다고 보오. 조부님께서 마음
에 들어 하지 않으시겠지만, 난 그리하기로 하였소. 그러
니 여러분께서는 상청궁에 오를 사람을 추려 주시구료."

남궁세가에서 공적을 독점하려 했다니.

이미 무제맹은 남궁세가를 중심으로 흘러가고 있는데,
신검무제는 그마저도 부족하다 싶었던 모양이었다.

무제맹에 가입된 각파는 각자 상청궁에 오를 사람을 서
둘러 고르기 바빴다. 이백이라는 숫자에 맞추기로 한 탓에
대부분이 간부급 인물이거나, 그들의 직속 수하였다. 그중
에 남궁학과 남궁세가의 식솔은 포함되지 않았다.

어째서일까?

"전 더 바라는 게 없소이다. 무제맹은 조부님의 꿈이었
고, 그 꿈이 반쯤은 이루어졌음이오. 나야 뭐, 이렇게 여러
분과 어울려 지내는 게 즐거울 뿐이외다. 허허허허."

그의 말을 다 믿을 수는 없었다.

신검무제가 아무리 절대고수라지만, 나이가 적지 않았다. 그가 죽은 이후, 무제맹의 맹주가 될 사람이 있다면, 남궁학이 가장 가까웠다.

그러니 굳이 실리를 챙길 이유는 없겠지. 대신 양보함으로써 각파의 마음을 얻으려는 것일 게다.

그렇지 않다면? 단 하나뿐이다.

"그렇소. 제가 사실 철혈패왕과 손을 잡고, 여러분을 제거하려는 게요. 내가 무제맹을 삼키려고 말이오. 허허허허헛."

말마따나 선별된 이백 명을 제거한다면, 무제맹은 남궁학의 것이 될 터였다.

하지만 사람들은 웃음으로 넘겼다. 말도 안 되는 소리였다. 가만히만 있어도 신검무제의 뒤를 이어 무제맹의 맹주가 될 남궁학이 굳이 그럴 이유가 없지 않은가.

결국 상청궁까지 대략 한 시진 정도의 거리를 남겨 두었을 때, 청성산을 오르기 시작한 일만의 무인 중에서 상청궁에 오를 사람은 이백 명으로 줄어들었다.

이백 명의 발길은 가벼웠다.

전쟁은 이미 끝난 상태였으니까.

그저 남아 있는 잔당을 향해 잠시 칼부림을 벌이고 내려오면 되었다.

남궁학의 말에 따르면 말이다.

*   *   *

남궁학이 숭무정과 손을 잡았다니.

놀라운 일이었다.

몽예를 감싸고 서 있는 숭무정 무인들조차 믿을 수 없어 서로를 둘러보며 웅성거렸다.

"남궁학이?"

"남궁세가의 가주가 우리 편이라고?"

"대체 왜?"

남궁학은 백도무림의 중심적인 인물이었다. 그는 정파 십오대고수 중 제일인자였고, 신검무제의 계승자였다.

정파무림에서 세 손가락 안에 드는 실력자이며, 차후엔 신검무제의 뒤를 이어 일인자가 될 가능성이 가장 높은 인물이었다.

그가 대체 뭐가 아쉬워서 숭무정과 손을 잡았단 말인가?

그건 풍뢰무신의 계획을 대부분 밝혀낸 몽예조차도 알 수가 없는 부분이었다.

그렇기에 몽예가 물었다.

"대체 남궁학을 어떻게 꼬신 거지? 협박했나? 아니면, 주인으로 모시겠다고 유혹했어?"

"협박도 유혹도 하지 않았다. 그는 우리 중 하나이기 때문이다. 그러니 함께 하는 것뿐이지."

"너희 중 하나?"

풍뢰무신은 입을 열었다.

"사람이란 부모 한 쌍이 있어야 태어날 수가 있다. 아비 홀로 자식을 낳을 수는 없지. 남궁학, 그의 아비는 남궁이라는 성을 썼지만, 그의 어미는 진이라는 성을 가지고 있었다. 그것이 바로 그가 우리와 손을 잡을 수 있었던 이유이다."

남궁학의 모친이 무신진가의 사람이었다?

그렇다면 이유가 될 수 있었다. 하지만 약간 모자랐다.

"아무리 그렇다고 해도, 굳이 그가 지금껏 쌓은 모든 것을 버리고 숭무정으로 돌아설 정도는 아닌데?"

"그는 정주의 제자이기도 하다."

"숭무정주의 제자?"

"그리고 본 숭무정의 팔괘무신 중 태택무신이기도 하지."

태택무신!

팔괘무신 중 실력이 가장 빼어난 사람은 셋이니, 그들을 숭무삼신이라고 따로 불렀다.

첫 번째가 숭무정의 이인자이며, 현재 숭무정 최대 세력인 건천대종의 주인인 건양무신.

두 번째가 숭무정의 삼인자이자, 숭무정 내 급진파벌을 이끄는 곤음무신.

그리고 세 번째가 바로 태택무신이었다. 팔괘무신 중 유일하게 무신진가의 핏줄이 아닌 외부 인사로, 숭무정주가 어느 날 갑자기 데려왔다는 인물이었다.

"그 태택무신이 남궁학이었다니. 이건 놀라운데? 뭐야. 그럼 숭무팔종 중 가장 신비롭다는 태영종(兌影宗)이 남궁세가라는 거야?"

몽예의 말에 풍뢰무신은 고개를 끄덕였다.

"그렇지. 하지만 정작 남궁세가는 자신들의 숨겨진 정체가 태영종이란 걸 모르지."

"그거 웃긴데?"

말은 그렇게 했지만, 몽예는 웃지 못했다. 이건 웃기기보단 무서울 일이었다. 더 무서운 일은 이들의 계획이 성공한다면, 무제맹도 남궁세가처럼 자신도 모르게 숭무정의 주구가 될 것이니.

아니 벌써 반쯤은 그런 상태나 다름이 없었다.

"여기에 있는 놈들은 대략 이백 명. 아니, 내 손에 스물이 죽었으니 백 팔십이지? 어찌 되었든 너무 적어. 난 최소한 삼천 정도는 될 줄 알았거든. 그래서 좀 긴장도 했었고 말이야. 내 입장에서는 다행이기는 하지만, 궁금하기도 하더란 말이지. 이천칠백이라는 숫자가 어디로 갔을까?

하늘로 날아가지는 않았을 거고, 땅으로 숨어들지도 않았을 텐데. 그럼 많은 사람을 숨길 만한 곳이 어디 있을까? 아무리 생각해도 없더라고. 하지만 숨기지 않아도 될 만한 곳은 있지. 무제맹. 여기 없는 놈들은 대부분이 무제맹 안에 있어. 그렇지?"

풍뢰무신은 눈매를 얇게 좁혔다. 그러더니 살짝 고개를 끄덕였다.

"머리가 좋구나."

"머리는 네가 좋지. 대단해. 아주 대단해. 남궁학이 있으니까 가능한 일이었겠지만, 그래도 이런 대범한 음모를 꾸미다니."

"고맙구나."

"고마울 것까지야. 왜? 자랑이라도 하고 싶었었나?"

"누군가 한 명 정도는 알아봐 주길 바랐지."

"다행이겠네?"

"아니, 불행이지. 하지만 즐겁긴 하구나. 자. 대화는 이쯤하기로 하자. 이제 죽여 주마. 궁금한 건 다 알았으니 억울하지는 않겠구나."

"아직 궁금한 거 많은데?"

"대체 또 뭐가 그리 궁금할까? 다 알려주고 싶지만, 시간이 없구나. 저 세상에 가서 고민해 보거라."

풍뢰무신은 그렇게 말한 후, 오른손을 앞으로 내밀었다.

그러자 그의 손바닥 위로 하얀 빛살이 뭉치며 번쩍이더니,
이내 길쭉하게 늘어나 칼 한 자루를 만들어 내었다.

풍뢰신도였다.

하지만 몽예는 가소롭다며 비웃을 뿐이었다.

"죽여 줘? 제 세상에서나 고민해 봐? 하여간 이렇다니
까. 머리가 좋은 놈들은 항상 제 머릿속에 그려진 그림대
로 세상이 움직이는 줄 알지."

풍뢰무신이 눈썹을 꿈틀거렸다.

"뭔가 더 하고 싶은 말이 있는 모양이구나. 유언으로 알
고 들어줄 터이니, 길게 끌지는 말아라."

몽예가 어이없다는 듯 고개를 절레절레 저었다. 그리고
풍뢰무신을 향해 걸음을 내디디며 말했다.

"좋아. 유언 삼아 들어. 당신처럼 머리 좋은 것들은 항
상 내일을 계획하지. 지금보다 나은 명성과, 부귀함, 세력
을 만들려고 머리를 싸매고 계속 꾸며 대. 미래를 다가올
현실로 만들기 위해서 말이지. 하지만 덕분에 지금을 제대
로 못 봐. 알아?"

풍뢰무신이 몽예를 향해 마주 걸어가며 말했다.

"유언은 짧게 하라 하지 않았느냐."

"당신이 못 보는 것, 알려 줄까? 당신은 실패했어."

"허어. 아직 유언이 남았더냐?"

"당신도 이상하다고 생각했을 거야. 실패했단 걸 받아

들이기 힘들었겠지. 실패가 아니라 실수라고 여기겠지. 몇 가지 수작만 부리면 계획에 지장이 되지 않을 정도의 사소한 것들이라고. 그래서 당신이 죽는 거야."

두 사람은 그 사이 서로의 앞에 이르렀고, 풍뢰무신은 오른손에 들린 풍뢰신도를 높이 들어 올렸다.

"더는 못 들어주겠구나. 죽어라."

쇄애애애애애애애액!

풍뢰신도가 벼락처럼 번쩍이며, 몽예를 향해 뻗어 나갔다. 그 순간 몽예의 전신에서 검은 안개가 뿜어져 나와 마주 날아갔다.

콰아아아아아아아앙!

"크윽!"

풍뢰무신은 비틀거리며, 뒤로 세 걸음 물러났다. 반면 몽예는 몇 바퀴를 구른 이후에야 힘겹게 일어섰다.

이 일격의 교환에서 어느 쪽이 우위였는지는 누가 보더라도 쉽게 알 수 있었다.

하지만 몽예의 입가에는 오히려 더욱 짙은 미소가 어렸다.

"난 미래 같은 건 보지 않아. 지금을 살아가기에도 벅차거든. 당장 내일 뭐가 어떻게 될지 알게 뭐야. 지금 이렇게 사는 것도 힘들기만 한데."

풍뢰무신이 말했다.

"이제 힘들 것 없다. 내 손에 죽을 터이니."

"당신은 말이야. 내가 나타난 순간 진천뢰를 터트려야
만 했어. 하지만 그러지 않았지. 아니지. 그럴 수 없었겠
지. 이제 한 시진만 있으면 당신이 꿈꾸던 미래가 완성되
는데, 그걸 어떻게 포기할 수 있겠어? 안 그래?"

"죽고 싶다고 애걸을 해 대는구나. 그래, 죽여 주마."

휘이이이익!

풍뢰무신이 땅을 박차고 튀어 나가 몽예를 향해 풍뢰신
도를 내리그었다.

그 순간 몽예가 오른손은 크게 뒤로 젖혔다가 다가오는
풍뢰무신을 향해 휘둘렀다. 손바닥에서 검은 기운이 거대
한 손의 형태를 이루며 튀어나온다. 봉래검선에게 패배를
안겼던 염왕수였다.

콰아아아아아앙!

"어윽!"

풍뢰무신은 피를 뿜으며, 그대로 땅바닥 속에 무릎까지
박혔다. 몽예 역시도 무사하지는 않아 오른손의 핏줄이 파
열되어 핏물을 뿜어냈다. 하지만 바로 왼손을 주먹 쥐더
니, 풍뢰무신을 향해 휘둘렀다. 하얀 빛살이 어리며 풍뢰
무신을 향해 뻗어 나간다.

백보신권이었다.

풍뢰무신은 제 형상을 유지하지 못하고 일렁거리는 풍

뢰신도를 다시 휘둘렀다.

콰아아아아앙!

풍뢰무신은 피를 뿜으며 그대로 뒤로 튕겨졌다. 뒤편에 이십여 장 너머에 있던 전각의 기둥을 부수고도 모자라 벽을 뚫고 들어가서야 멈출 수 있었다.

풍뢰무신은 머리가 하얗게 빌 듯한 고통에 허덕이며 꿈틀거렸다.

일어서기가 힘들었다. 고개만 힘겹게 들어 올려, 뚫린 벽 쪽을 노려보았다. 그 사이로 몽예가 들어오고 있었다. 그의 양팔이 물먹은 천처럼 축 늘어져 있는 것이 보였다. 아무래도 다시 사용하기 힘들 듯했다.

하지만 몽예는 즐겁다는 듯이 히쭉거렸다.

"이제 내 말이 무슨 뜻인지 알겠지? 지금을 산다는 건 이렇게 힘든 거야."

풍뢰무신은 이를 빠드득 갈며 일어서려 했다. 몸 상태가 심상치 않았지만, 몽예보다는 나을 듯했다. 그러니 한칼을 휘두르면 충분할 것이다.

그런데 오른손에 풍뢰신도가 맺히질 않았다.

풍뢰무신은 눈동자만 내려 오른팔을 바라보았다.

'없어?'

팔꿈치부터 아래가 보이지 않았다. 그리고 복부엔 커다란 구멍이 뚫려 있었다.

"크어어어억!"

상실감과 함께 억지로 눌렀던 통증이 비명으로 변하여 터져 나왔다.

몽예는 즐겁다는 듯 히쭉거릴 뿐이다.

"에이. 고작 그거 가지고 그러면 안 되지."

풍뢰무신은 일어나지 못하고 두 발로 바닥을 밀어 대며 뒤로 물러났다.

죽는다!

몽예가 고개를 옆으로 꺾으며 속삭였다.

"혹시 유언 있어? 들어줄게. 길게만 끌지 마."

풍뢰무신의 눈동자가 부들부들 떨렸다. 수하 놈들은 대체 뭘 하고 있단 말인가!

입을 벌려 수하들을 부르려 했다. 그 순간 몽예의 뒤쪽에서 한 사람이 들어섰다. 법왕이었다.

"이런 옴마니 반메훔 같은! 염탐만 하고 온다며."

방조자들이 있었던가!

그러고 보니 바깥쪽에서 비명이 들렸다. 수하들의 목소리가 분명했다.

몽예는 멈췄던 걸음을 다시 옮겼다.

"자. 이제 가야지?"

마치 어미가 아이를 앉아 올리며 말하는 듯이 아늑한 느낌의 목소리였다.

풍뢰무신은 이를 악물었다.

고작 한 시진 밖에 남지 않았는데!

억울하고 분했다. 두렵고 괴로웠다.

'이대로 죽을 수는 없어! 이대로는 안 돼!'

마지막 한 수가 남아 있다.

진천뢰!

그걸 지금 터트린다면, 저 괴물은 죽을 것이다.

'하지만 나도 죽겠지.'

어차피 살 수 있는 가능성은 없었다.

'다 죽자!'

그 사이 그의 앞에 이른 몽예가 고개를 쓱 내리더니, 귓가에 대고 속삭였다.

"혹시 진천뢰를 터트리려고?"

순간 풍뢰무신의 눈이 커졌다.

몽예가 딱하다는 듯이 혀를 찼다.

"말했잖아. 내가 나타난 순간 바로 터트렸어야 했다고 말이야. 쯧쯔쯔. 이젠 늦었어."

그 사이 진천뢰를 해체했단 말인가?

그럴 리가 없다.

진천뢰는 보안과 비밀 유지를 위해 지금껏 숨기고 있다가 한 시진 전에야 매설했다. 혹시 그 사이 진천뢰가 매설된 위치를 파악했다고 해도, 해체할 수는 없었다. 전문가가 나선다고 해도, 반나절 이상은 걸리는 어려운 작업이었다.

"못 믿어? 하여간 머리 좋은 놈들이란 이렇다니까. 내가 왜 시간을 끌고 있었을까? 내 동료는 왜 이제야 튀어나온 것 같애? 그럼 어디 해 봐."

풍뢰무신은 성한 왼손을 움직여 품을 뒤지더니 자그마한 목갑 하나를 꺼냈다.

진천뢰의 기폭 장치였다. 안에는 암수가 서로 감응한다는 고독이라는 벌레가 들어 있는데, 그걸 개량하여 기폭 장치로 만들었다. 목갑 안에 있는 웅고를 꺼내 내력을 주입하면, 진천뢰에 붙어 있는 자고가 움직여 진천뢰를 터트리게 되어 있었다.

몽예는 기다려 주겠다는 듯이 어깨를 폈다.

"자. 해 봐."

풍뢰무신은 가물가물 감기는 눈에 힘을 주어 그를 노려보았다.

정말 진천뢰를 해체했다고? 그 짧은 시간 동안? 그럴 수는 없었다.

'하지만, 하지만……'

풍뢰무신은 목갑의 표면에 손가락을 가져다 댔다.

목갑의 표면에는 팔괘의 문양이 양각되어 있는데, 일정한 순서에 따라 눌러야만 열리게 되어 있었다.

그 순서는 오직 풍뢰무신만이 알고 있었다.

툭, 툭, 툭, 툭, 툭, 툭, 툭.

일곱 개의 문양을 누른 후, 풍뢰무신은 마지막 하나를 남기고 잠시 머뭇거렸다.

그 순간, 몽예가 발을 휙 차올렸다. 목갑이 공중을 날아 법왕의 손에 떨어졌다.

몽예가 안도의 한숨을 쏟아 냈다.

"으하아아아. 큰일 날 뻔했네."

역시 아니었구나!

풍뢰무신의 입이 쩍 벌어졌다.

"이노오오오오옴!"

몽예는 피식 웃으며, 말했다.

"다음에 태어나면 머리 좀 덜 쓰며 살아."

몽예의 발이 위로 휙 들려, 풍뢰무신의 머리를 향해 낙하했다.

파지지직!

第八章

몽예는 자신의 발아래를 내려다보았다. 머리가 뭉개진 풍뢰무신의 몸통은 꿈틀거리고 있었다. 마치 아직 죽을 수 없다고 발악하는 듯했다.

사천혈사의 주역이었던 풍뢰무신답지 않게 초라한 죽음이었다. 그러나 몽예의 손에 죽은 팔괘무신 중 가장 편안한 죽음이랄 수 있었다.

몽예는 오른발을 살짝 들어 풍뢰무신의 옷에다 대고 문질렀다. 그렇게 신발의 바닥에 묻은 뇌수와 뼛조각, 핏물을 대충 닦아 낸 후에야 천천히 돌아섰다.

어느새 곁에 다가온 법왕이 물었다.

"괜찮아?"

몽예는 말할 힘도 없는지, 속삭이듯 대꾸했다.

"양팔이 바스러지고, 내장 몇 군데가 끊어진 것 빼고는
괜찮아."

법왕은 가볍게 고개를 끄덕이다 말고 눈썹을 좁혔다.

"그거 괜찮다는 거야, 괜찮지 않다는 거야?"

"나 좀 졸리다. 일각만 잘게."

몽예는 그렇게 말하며, 배시시 웃었다. 그리고 눈동자가
뒤로 넘어가더니 앞으로 꼬꾸라졌다. 법왕은 급히 손을 뻗
어 그의 몸을 감싸 안은 후, 고개를 절레절레 흔들었다.

"이 원숭이 놈아. 넌 어째 조금도 변하질 않는 게냐?"

법왕은 몽예를 어깨 위에 걸친 후, 밖을 향해 걸어나갔
다. 아직도 비명 소리가 요란했다.

풍뢰무신의 수하들 사이로 백귀도를 현란하게 휘둘러
대는 장칠의 모습이 가장 먼저 들어왔고, 한 번 검을 휘두
를 때마다 두세 명을 잘라 버리는 홍한교가 보였다. 청성
의 전대고수인 추양자 또한 두 사람 못지않은 놀라운 신위
를 보이고 있었다. 그 사이로 청성파 제자 셋이 끼어 옥신
각신하며 나름 분전하고 있었다.

하지만 가장 눈길이 가는 건 역시 무적강시들이었다. 마
치 진법을 짠 듯이 절도 있는 움직임으로 풍뢰무신의 수하
들을 부수고 있었다. 마치 군부의 정예가 무적강시를 가장
하고 있는 건 아닐까 하는 착각이 들 정도였다.

법왕은 자신의 어깨에 걸린 몽예에게로 고개를 돌렸다.

"대단하구나."

무적강시들의 정돈된 움직임은 몽예의 짓이었다. 정신을 잃고서도 의식만은 깨어 있어 무적강시들을 부리고 있는 것이다.

"정말 대단해."

법왕의 표정이 금세 어두워진다.

"그래도 무리야. 그의 상대가 되기에는 아직 멀었어."

*   *   *

장철과 홍한교가 늦게 나타난 건 무적강시가 가로막았기 때문이었다.

무적강시 중 하나가 갑자기 그들의 앞을 가리더니 말했다.

"기다리고 있다가 내가 나오라고 할 때 튀어나와."

그건 분명 몽예의 목소리였다. 손풍구도를 죽인 후에 나타난 무적강시가 보였던 모습과 같았다.

몽예가 무적강시를 이용해 의사를 전달하고 있는 것임을 깨달은 일행은 말처럼 숨어서 기다렸다. 하지만 정작 무적강시는 은밀히 상청궁 안으로 잠입하더니 사방으로 흩어졌다.

무적강시들이 흩어진 방향은 진천뢰가 매설되어 있던 장소였다. 몽예는 시간을 끌며 무적강시를 이용해 진천뢰를 해체하려 했던 것이었다.

그것이 몽예가 한 수 아래인 풍뢰무신과의 대결에서 초반에 밀린 이유였다. 의념을 나누어 무적강시를 움직였기에 풍뢰무신과의 싸움에 집중할 수가 없었다.

하지만 진천뢰는 최소 다섯 단계 이상의 보안장치 속에 담겨 있어, 짧은 시간 안에 해체하기가 힘들었다.

결국 몽예는 진천뢰의 해체를 단념하고 풍뢰무신의 대결에 집중했다. 그리고 약간의 기지를 발휘하여 진천뢰의 기폭 장치를 빼앗을 수가 있었다.

운이 좋았다고 밖에 볼 수 없었다.

사천혈사는 끝이 났다.

숭무정의 음모는 시작되기도 전에 그렇게 무너지고 말았다.

몽예 한 사람의 손에!

하지만 일각 후에 정신을 차린 몽예는 말했다.

"끝나긴 뭐가 끝나. 이제 시작인데."

*   *   *

생사괴의는 지금껏 환자를 어려워해 본 적이 없었다. 자신을 찾아온 이들은 항상 죄를 진 사람처럼 살려달라고 애걸했고, 살 수만 있다면 무엇이든 주겠다고 약속했다.

그러니 몽예는 지금껏 한 번도 접해본 적 없는 최악의 환자였다.

"다쳤어. 고쳐줘."

몽예는 생사괴의를 보자마자 한 말이었다. 마치 빌려간 빚을 받으러 온 고리꾼 같은 태도였다. 그렇기에 생사괴의는 순간 자신의 생사침으로 몽예의 입을 꿰매 버리고 싶었다.

하지만 치미는 화를 한숨으로 다독인 후, 몽예의 상태를 살폈다. 그 순간 생사괴의는 자신도 모르게 낮은 신음을 흘렸다.

"흐으으음. 살아 있는 게 용하구만."

심해도 너무 심했다.

몽예의 두 팔은 수십 마디로 부러져 있었다. 혈맥은 모두 터져 버려 핏물이 줄줄 흘러나왔고, 근육은 제대로 붙어 있는 게 드물었다. 문제는 그뿐만이 아니었다. 손풍무신에게 당했던 상처가 격전의 여파로 더욱 깊어져 있었다.

이 정도면 죽었어야 정상이다.

생사괴의로서도 어떻게 손을 써야 할지 감이 잡히지 않을 정도였다.

하지만 몽예는 금창약으로 몇 번 문지르면 나을 만한 가벼운 타박상처럼 여기는 듯 이리 말했다.

"한 시진 안에 완치시켜 줘."

생사괴의는 이 순간 정말 몽예의 입을 찢어 버리고 싶었다.

한 시진 안에 완치시키라니.

그건 아무리 생사괴의라고 해도 무리였다. 전설의 화타가 되살아난다고 해도, 불가능할 것이다.

"왜? 못해?"

마치 그것도 못하냐는 듯하기에 생사괴의는 자존심이 상했다. 하지만 그 누구라고 해도 불가능한 일이었다.

그때 법왕이 말했다.

"생사신명침(生死神命針)을 쓰면 되지 않나?"

생사괴의는 놀라 그를 멍하니 바로 보았다.

"아까워서 그래?"

물론 아까웠다. 생사신명침은 무적강시를 만들 때 사용한 고루귀당과 함께 생사괴의가 평생 노력의 산물이었다.

생사신명침이라면 분명 한 시진 안에 몽예의 상처를 완치시킬 수 있었다. 하지만 부작용이 만만치가 않다.

생사괴의는 법왕을 노려보며 낮게 목소리를 깔아 물었다.

"이 사람을 죽이시려는 게요?"

법왕은 대꾸치 않고 그저 빙긋 미소를 지을 뿐이었다.

그러자 몽예가 두 사람을 번갈아 보며 물었다.

"왜? 그거 좀 위험한 거야?"

생사괴의가 무겁게 고개를 끄덕였다.

"위험하지요. 생사신명침은 선천진기를 단숨에 격발시키는 묘용을 가지오. 아시겠지만 선천진기란 혼백을 육신에 묶어 두는 끈이라 할 수 있다오. 그 끈을 끊어서 단숨에 던져 놓으면 어찌 되겠소?"

무림 중에는 잠력을 격발시켜, 평소의 몇 배나 되는 힘을 얻을 수 있는 법술이나, 환약이 여럿 존재하는데, 그 부작용이 만만치 않았다. 단숨에 강해질 수는 있지만, 잠력을 모두 소모하고 나면 죽거나, 최소한 반신불수에 이르게된다.

생사신명침이 바로 그러한 잠력격발의 사술을 개량, 발전시킨 치료법인 듯했다.

"삶과 죽음의 경계에 놓고, 신의 부름을 듣는다. 그래서 생사신명침이라 명명한 것이라오. 신이란 존재는 온화하지 않소. 존재의 뜻이 삶을 부여할지, 아니면 죽음으로 모든 것을 앗아갈지는 모르는 게지요. 그러니 생사신명침은 내가 만들었음에도, 그 결과를 예측할 수가 없소. 다만 생존할 수 있는 여지를 오 할까지 끌어냈다고 자부할 뿐이오."

"재밌는데? 죽지 않으면, 낫는다?"

생사괴의는 고개를 저었다.

"낫는 정도가 아닐 거요. 생사신명침의 시술을 받고 살아난 사람은 환골탈태하여 금강불괴에 가까운 몸으로 변하오. 그뿐 아니라, 최소 이 갑자 수준의 내공을 얻게 된다오. 의술이 아니라, 신술이랄 수 있지요."

자부심이 느껴지는 말투였다.

그럴 만했다.

금강불괴에 가까운 신체와 이 갑자에 해당하는 내공이라니.

그건 무공을 익힌 적이 없는 평범한 사람을 단숨에 절정고수로 만든다는 뜻이었다.

물론 절정고수의 신체 요건을 만들어 준다는 것뿐이지, 무공 초식의 숙련도와 경험이 바탕이 되지 않은 이상 정말 그러한 고수가 될 수는 없었다.

몽예가 말했다.

"성공한 적은?"

생사괴의는 고개를 저었다.

"아직 없소."

"단 한 번도?"

생사괴의는 입술을 깨물며, 고개를 저었다.

몽예가 잠시 뜸을 들인 후, 말했다.

"지금까지 몇 번이나 시도해 봤는데?"

"스물다섯 번이오."

몽예는 얼굴을 찡그렸다.

"흐음. 고민되네. 한 시진 안에 나으려면 다른 방법이 없는 거야?"

"없소."

"그럼 별수 없지. 해 보자."

생사괴의의 눈이 크게 벌어졌다. 잠시 후, 그는 낮고 신중한 어조로 말했다.

"다시 생각해 보시오. 생사신명침법은 지금껏 성공한 적이 없소. 당신의 부상은 위중하지만, 시간을 두고 치료하면…… 그래, 한 반년 정도면 완치할 수 있소이다. 그러니, 괜한 모험을 할 필요는 없소."

"시간? 훗. 시간이 날 도운 적은 없어. 오히려 걸림돌만 되었지. 내 이름이 뭔지 알지? 몽예야. 하루살이라고. 누가 지었는지는 모르겠지만, 너무 잘 지었지. 난 언제나 하루를 넘기기 위해 살았어. 언제나 내일은 여분의 삶이었고, 다시 모레로 이어지기 위해서는 싸우고 이겨야 했어. 반년? 짐작도 안 가네. 침상에 누워 몸만 치료하면서 반년을 보내라고? 숭무정이 병신이야? 그동안 가만있을 것 같아? 내일까지 내가 살려면 오늘 놈들을 하나라도 더 쳐 죽여야 해. 아니면 내가 죽어. 이건 그런 싸움이야."

"하지만…… 생사신명침이, 내 손이 당신을 죽일 수 있소."

몽예가 가소롭다는 듯이 피식 웃었다.

"지켜봤으니 알겠지만, 날 죽이려는 것들은 아주 많아. 하지만 그 무엇도 성공할 수 없었지."

＊　　　＊　　　＊

무림인은 평범한 사람보다 심장의 박동 수가 몇 배 빠르다. 그러니 혈류의 속도 역시 비교할 수 없었다.

뿐만 아니라 근육의 위치라든가 강도가 전혀 달랐고, 뼈의 길이와 굵기 역시 틀렸다.

무림인이란 평범한 사람의 범주를 넘어섰으니 당연하다고 봐야 했지만, 그 탓에 일반적인 의원은 혼란을 느꼈다.

하지만 생사괴의라면 그 정도의 차이는 눈짐작만으로도 충분히 꿰뚫어 낼 수 있었다.

그러나 몽예는 달랐다.

현 천하에 열이 넘지 않는, 입신의 경지에 오른 고수.

사람의 범주를 넘어선 정도가 아니라, 아예 사람이 아니라고 봐야 했다.

그러니 생사괴의로서도 짐작할 수 없는 변수의 덩어리였다.

물론 장점은 있었다. 몽예의 신체는 시침하여 약간만 생기를 북돋으면, 바로 새 살을 만들어 냈다. 농담을 더해 사지가 잘려 나간다고 해도, 몇 가지 치료를 가하면 다시 생겨날 수도 있겠다 싶을 정도였다.

그래서 생사신명침법이 아니더라도 반년 정도면 충분히 완치될 수 있을 것이라며 장담한 것이다.

아직도 생사괴의는 굳이 생사신명침법을 시술할 필요성에 대해 회의를 느끼고 있었다.

하지만 몽예의 뜻은 확고했다.

"자, 준비 다 됐어."

몽예는 그렇게 말한 후, 반듯하게 누웠다.

그를 바라보는 생사괴의의 눈매가 일그러졌다. 순간 고개를 돌려 법왕과 장칠, 홍한교 쪽을 돌아보았다. 말려 보라는 뜻을 눈짓으로 보낸다.

하지만 법왕은 의미 모를 미소로만 답했고, 장칠과 홍한교는 표정은 엄숙하지만 나서려 하지 않았다.

몽예가 편하다는 듯이 숨을 길게 내쉰 후, 말했다.

"나 요즘 참 즐겁다."

몽예의 입가에 부드러운 미소가 어린다.

"그래서 겁이 좀 많아졌어."

그 말이 웃긴지 장칠이 낄낄거렸다. 홍한교 역시도 어이없다는 듯이 풋하고 짧은 웃음을 뱉었다.

몽예가 겁이 많다니.

이처럼 웃긴 말도 없었다.

하지만 몽예의 표정과 말투는 진지했다.

"너희랑 어울려 다니는 게 즐겁고, 날 기다리는 설향 누이가 사랑스러워. 문하도 예쁘고. 이런 기분, 너무 좋다. 그래서 오래 살고 싶어졌어. 그러니 겁이 나. 이 세상엔 날 죽이려는 게 너무 많거든."

그제야 장칠과 홍한교가 웃음을 삼켰다. 법왕 역시 기묘한 미소를 지우고 몽예의 말을 기다렸다.

몽예가 잠시 뜸을 들인 후 말했다.

"사실 도망칠까 했어. 숭무정 같은 거 알 게 뭐야. 그냥 숨어 살아도 되지 않을까? 복수? 그거 안 하면 어때, 하고 말이야. 너희랑 내 여자들만 있으면 재밌게 살 수 있을 것 같더라고. 나답지 않다는 건 아는데, 그런 생각을 했었어."

장칠이 물었다.

"그런데?"

몽예가 입술을 삐쭉거렸다.

"갑자기 열 받더라고."

이번엔 홍한교가 물었다.

"왜?"

허공을 향한 몽예의 눈매가 예리해졌다.

"도망친다는 게. 대체 왜 놈들이 아닌, 내가 도망쳐야

254

해? 놈들이 이런 고민을 해야지, 왜 내가 하는 거지?"

법왕이 말했다.

"그래서?"

몽예가 허공을 노려보며, 비릿한 미소를 그렸다.

"그래서는 뭐. 똑같이 살기로 했어. 아니, 오히려 더 열심히 살기로 했어. 적이라는 놈들은 보이는 족족 부숴 버릴 거야. 안 보이면 찾아가 없앨 테다. 이 세상 끝까지. 아예 사라질 때까지."

장칠이 물었다.

"뭔 결론이 그렇게 나냐? 겁이 많아졌다면서? 대마두 나셨네."

몽예는 살짝 고개만 끄덕였다.

"맞아. 겁이 많아져서 그러는 거야. 나와 내 여자, 너희를 노리는 적이 없어야지, 즐겁게 살 것 같으니까."

법왕이 말했다.

"네 앞에 적이 사라지는 때가 올 것 같아?"

마치 예언이라도 하는 듯한 냉정한 말투였다.

하지만 몽예는 단호히 대꾸했다.

"온다."

법왕은 마치 눈이 부시다는 듯이 눈을 좁혔다. 그리고 무슨 말을 하려는지 입을 우물거리다가 그대로 몸을 돌렸다.

장칠과 홍한교는 잠시 더 몽예를 지켜보다가 법왕의 뒤를 따라 사라졌다.

몽예는 그들의 기척이 멀어진 것을 느낀 후, 말했다.

"자. 얼른 날 고쳐라. 내 적을, 한 놈이라도 더 죽여야 하니까."

생사괴의는 침을 꿀꺽 삼킨 후, 자신의 앞에 놓아둔 목갑을 열었다.

안에는 단 세 개의 침만이 담겨 있었다.

침이라기보다는 못에 가까웠다. 두께가 손가락 마디만 하고, 길이는 중지 정도는 될 듯했다.

치료를 위한 도구라기보다는 병기이지 않을까 싶었다.

생사괴의는 그중 하나를 조심스럽게 손에 쥐며 말했다.

"이제부터 시술을 시작할 거요. 시술 시간은 짧소. 방법역시 단순하오. 생사신명침 세 개를 당신의 단전과 심장, 정수리에 꽂으면 끝이오."

"뭐야 그게. 내 몸에 못 박으면 끝이다? 사기당한 기분인데?"

"당신이 깨어난다면 사기가 아닌 줄 알게 될 것이요. 하지만…… 모르겠소이다. 당신이 깨어날 수 있을지."

몽예는 슬며시 눈을 감았다.

"자. 한 시진 후에 봅시다."

생사괴의는 잠시 몽예를 바라보다가, 단전을 향해 침을

꽂았다.

푹!

*　　　*　　　*

몽예가 생사신명침을 시술 받는 동안, 장칠과 홍한교,
법왕은 상청궁을 정리하고 무제맹이 도착하기를 기다리기
로 했다.

이제 본산을 되찾았다고 기뻐하던 청성제자들로서는 당
황스러운 일이었다.

"대체 왜? 뭘 위해서?"

청성제자들에게 무제맹은 적이 아니었다. 청성파 역시
무제맹의 일원으로 가입한 상태이지 않던가.

그런데 장칠과 홍한교는 이번엔 무제맹을 상대로 전투
를 벌일 준비를 하고 있으니, 당황하지 않을 수가 없었다.

"무제맹이 아니라, 무제맹 속에 숨은 숭무정과 싸우겠
다는 거야. 아까 사정은 설명했잖아."

청성제자들과 추양자는 풍뢰무신이 꾸몄던 사천혈사의
진정한 목적을 들었다.

무제맹의 창립되도록 한 후에, 남궁학과 손을 잡고 수뇌
부를 제거하고 삼켜 버릴 계획이었다니.

놀랍고 섬뜩했다. 하지만 몽예로 인해 풍뢰무신의 음모

는 실패했다고 봐야 했다.

무제맹주인 신검무제에게 남궁학의 배신과 숭무정의 존재를 알린 후, 그들이 알아서 솎아 내도록 하는 편이 옳았다.

하지만 장칠은 그들의 판단을 비웃었다.

"우리 말을 누가 믿어줄까?"

순간 청성제자들은 입을 다물었다.

현 남궁세가의 가주이며, 차기 무제맹주가 확실한 남궁학이 숭무정과 손을 잡았다고 하면 믿을 사람이 누가 있을까?

남궁학이 아니라고 하면 그뿐이겠지.

방준명이 물었다.

"그럼 어쩐다는 거냐?"

장칠은 고개를 저었다.

"난 모르지. 몽예가 알아서 할 테니까, 오면 깨워 달래."

대체 무슨 수로 숭무정의 무인만을 골라낼 수 있다는 걸까?

방준명은 자신이 지켜본 몽예라는 사람의 성격을 떠올리며, 속삭였다.

"설마 구분하지 않고, 다 죽이겠다는 건가?"

그러자 화매봉과 장천수의 표정이 딱딱하게 굳었다. 자

신들이 지켜본 몽예라는 사람이라면, 그럴지도 모를 거라
는 생각이 들었다.

　장칠은 굳이 아니라고 하지 않았다.

　"너무 걱정 마. 몽예가 좀 과격하기는 하지만, 설마 그
렇게까지 할까? 뭐, 대충 골라내는 시늉 정도는 할 거야."

　조금도 위안이 되지 않는 말이었다. 분명 청성산에 올라
온 무제맹의 무인 중에는 청성파의 사람도 포함되어 있을
것이었다.

　방준명은 걱정 어린 눈으로 멀리 떨어져 서 있는 추양자
를 돌아보았다. 추양자라면, 뭔가 다른 방법을 찾아줄 것
같아서였다.

　하지만 추양자는 방준명의 시선을 느끼지 못한 듯, 그저
석상처럼 서 있을 뿐이었다.

　방준명은 한숨을 내쉬며 주변을 둘러보았다.

　오랜만에 돌아온 상청궁이지만, 아직도 낯설기만 할 뿐
이었다..

　　　　　*　　　*　　　*

　상청궁 위쪽에 위치한 자그마한 건물 노군각의 안, 몽예
는 편안하게 누워 있었다.

　그의 앞에는 이각 사이 이십 년은 더 늙은 듯한 생사괴

의가 앉아 있었다. 그는 몽예의 정수리 부근에 꽂힌 생사신명침을 살펴보다가, 한숨처럼 힘없이 속삭였다.

"이제 시술을 마쳤소."

몽예는 입술만 벙끗거려 말했다.

"그래? 고마워. 언젠가 내가 보답할게."

생사괴의는 고개를 저었다.

"보답은 바라지 않소. 다만, 깨어나실 수 있을지는 모르겠소. 시술은 내가 했지만, 결과는 하늘에 달렸으니 말이오."

몽예는 눈동자를 돌려 천정을 올려다보았다. 하늘에 달렸다는 말이 그다지 마음에 들지 않았다. 운명이니, 하늘의 뜻이니 하는 것들은 언제나 몽예를 힘겹게 하는 장벽이었다.

그렇지만 언제나 넘어왔다.

"이번도 다르지 않아."

몽예가 그렇게 저도 모르게 속삭이자, 생사괴의는 자신에게 하는 말인 줄 알고 물었다.

"뭐가 말이요?"

"아무것도 아니야. 이제 뭘 하면 되지?"

"아무것도. 그저 기다리면 되오. 생사신명침에 의해 격발된 선천진기의 흐름이 당신을 죽이려는지, 아니면 살리려는지를 지켜보는 것. 그게 전부요. 선천진기의 흐름을 유도하거나, 뒤틀어서는 아니 되오. 순리를 역행하는 그 어떤 시도라도 한다면, 선천진기는 그대로 빠져나와 흩어질 것이라오. 생각조차 해서는 아니 되오. 되도록 의식을 지우시오."

"그리고 또 주의할 건 없어?"

생사괴의의 등 뒤에서 누가 나타나 다가오며 말했다.

"몇 가지 있어."

법왕이었다. 그는 생사괴의의 어깨를 가볍게 두들기며 주저앉았다.

"꼬맹이, 수고했어. 그 사이 제대로 배웠네."

생사괴의의 얼굴이 울긋불긋 변했다.

"그 꼬맹이라는 소리 좀……."

"귀엽게 군다, 또. 나가 봐. 이 친구랑 둘이서 나눌 이야기가 있으니까."

생사괴의는 이를 빠드득 갈았다. 나이 여든을 넘은 자신을 마치 세상 물정 모르는 어린아이처럼 막 취급해 대니, 아무리 법왕이라고 해도 화가 나지 않을 수 없었다.

하지만, 어쩌려나.

법왕은 환생을 통해 영원을 사는, 사람이되 사람을 벗어난 존재. 그저 그러려니 해야겠지.

생사괴의는 벌떡 일어나 성큼성큼 걸어가 문을 열고 나갔다.

그가 나가는 모습을 지켜본 후, 법왕이 속삭였다.

"애가 머리 좀 컸다고 참 버릇이 없어졌어. 어릴 때는 귀여웠는데 말이야."

몽예가 말했다.

"나는?"

법왕이 고개를 돌려, 몽예를 내려다보았다.

"너는 뭐?"

"나는 예전엔 어땠는데?"

"넌 언제나 똑같이 재수 없었지."

몽예가 소리 없이 웃었다.

"내가 모르는 나를 안다. 신기해. 재밌기도 하고."

법왕은 씁쓸한 표정을 지었다.

"괴롭기도 하지. 슬프기도 하고. 자, 이제부터 네가 주의할 게 몇 가지 있어."

몽예는 가만히 법왕을 바라보다가 말했다.

"넌 당 아저씨처럼 구는구나."

"당 아저씨?"

"있어. 아버지 같던? 내게 아무것도 원하지 않았던 주제에, 무엇이라도 챙겨주려 했지."

"내가 아버지 같다는 거야? 그거 웃긴데?"

"네가 내게 해 준 것들이 그렇잖아. 물론 내게 바라는 게 있다면 다르겠지."

법왕은 크게 고개를 끄덕였다.

"바라는 거 있어! 무지 많아!"

"뭔데?"

"너의 적을 이겨라."

"그건 네가 굳이 바라지 않아도 당연히 할 거야."

"아니. 당연하지 못해. 너와 나의 적은 강하거든."

"우리의 적은 강하다라. 역시 넌 숭무정주의 정체를 알고 있구나. 누구지? 이제 말할 때가 되지 않았나?"

법왕은 고개를 저었다.

"아니. 아직. 넌 그를 상대하기에는 아직 약하니까."

"내가 약하다?"

"그래. 그를 상대하려면 더욱 강해져야 해. 전생 여느 때의 너 정도로."

"그거 자존심 상하는데? 네가 지켜본 나의 모습 중에 지금이 가장 약하다는 듯이 들려."

"맞아. 지금의 넌 최약이야. 아주 실망스러워. 물론 어려서 그렇지. 고작 스물밖에 안 된 지금의 너에게 더 이상을 바라는 게 어리석은 짓이지. 하지만 시간이 부족해. 넌 최대한 짧은 시간 안에 예전 수준에 이르러야 해. 그래야만 그를 이길 수 있을 거야. 좋은 게 있으면 너 혼자 다 먹고, 배울 게 있으면 네가 먼저 배워. 단 하루라도 더 단축시켜야 해."

법왕의 표정과 말투는 더없이 진지했다.

몽예가 물었다.

"이 생사신명침을 시술 받으라 한 게 그 이유야?"

몽예가 굳이 생사신명침을 시술 받으려고 한 이유는 법왕의 은밀한 조언 때문이었다.

법왕이 말했다.

"맞아. 생사신명침은 분명 네가 한 단계 더 성장할 수 있는 계기가 되어 줄 거야."

"성장이라……."

회의적이었다. 천살마체의 굴레를 벗으며 입신의 경지에 오를 수 있었다. 그 힘으로 현 천하의 제일고수인 검선과 혼제를 연파했으며, 세 명의 팔괘무신을 죽일 수 있었다.

그 과정 중에 깨달은 건, 힘의 발현이 들쑥날쑥하다는 것이었다.

뭐라고 해야 할까? 성을 만들 재료는 넘치게 모았지만, 어설프게 쌓아두기만 했다고 할까?

그러니 성을 쌓아야 한다.

몽예가 느낀 자신의 상태였다. 그런데 법왕은 더 재료를 모으라고 하고 있었다.

어째서일까?

법왕은 분명 좋은 조언자였다. 모르는 게 거의 없을 정도로 해박할 뿐 아니라, 몽예 자신이 놓치고 있는 부분을 챙기며 다독였다.

그러니 분명 그럴 만한 이유가 있을 것이다.

그런 몽예의 생각을 짐작했는지, 법왕이 단언하듯 말했다.

"우리의 적은 불시에 갑자기 들이닥칠 거야. 그는 천재지변과 같이 예상할 수 없는 순간에 네 앞에 설 것이야. 그러니 하루라도 빨리 강해져야 해. 너를 갈고 다듬을 시간이 없어. 대오(大悟)해야 한다. 네 스스로 두들겨 견고해지려 하지 마라. 부딪쳐 깨어짐으로써, 덜어 내고 단단해져라. 그게 빠르다."

수련이 아닌 실전을 통해 갈고 닦으라는 뜻이다.

물론 강해지기 위해서라면, 그게 빠르다.

죽지만 않는다면…….

몽예가 말했다.

"예전의 난 어떻게 강해졌지?"

법왕이 과거를 돌아보는 듯 몽롱한 눈빛을 하며 속삭였다.

"싸워서. 언제나."

몽예는 피식 웃었다.

"나 답네."

그렇게 중얼거린 몽예는 슬며시 눈을 감았다. 어지러웠

다. 생사신명침의 기운이 휘돌기 시작하는 듯했다.

법왕이 일어나며 말했다.

"한 시진 후에 보자."

그렇게 말하며 돌아서 걸어가는 법왕을 향해 몽예가 말했다.

"내가 못 깨어날 거라는 생각은 안 해?"

법왕은 가당찮다는 듯 콧방귀를 뀌며 문밖으로 나가 버렸다.

홀로 남겨진 몽예는 흐려지는 의식을 억지로 붙잡지 않고, 그대로 놓아 버렸다. 아니, 놓으려 했다.

머리 안, 심연처럼 깊고 어두운 무의식의 아궁이 속에서 목소리가 들려오지 않았다면…….

—드디어 여기까지 왔느냐?

언젠가 들어본 적이 있는 음성.

바로 알아들을 수 있었다.

'몽중인?'

*   *   *

몽중인.

무신총을 탈출하던 순간, 갑자기 나타나 세 가지 기연을 안겨준 정체 모를 존재.

몽예는 그가 준 세 가지 기연 중 둘을 자신의 것으로 만들 수 있었다.

권제의 백보신권과 낭야의 감각도.

그 두 가지 절대무공은 몽예에게 복수를 꿈꿀 수 있는 가장 큰 근간이 되어 주었다.

드디어 마지막 남은 하나의 기연이 찾아오는 건가?

하지만 몽예는 그다지 기대하지 않았다.

산의 정상까지 오르는 길은 여럿이지만, 도착할 곳은 하나이다.

이미 정상에 오른 몽예에게 정상까지 이어지는 다른 경로를 알려주어 봤자, 아무런 도움이 되지 못한다. 그저 이런 경로도 있구나 하는 잠시의 여흥거리나 되겠지.

그러니 몽예는 몽중인이 줄 기연보다는 그의 정체가 궁금했다.

짐작하기로 몽중인의 정체는 사라진 신주삼존 중 하나일 듯했다.

권제와 낭야, 그리고 사존.

그 셋 중 누구일까?

몽중인의 목소리가 들려온다.

—나의 이름은 흑산명(黑算命).

역시나!

신래칠존 중에서 으뜸이라 일컬어지는 탈백사존의 이름
이 바로 흑산명이라 했다.

개인적으로 몽예에게 탈백사존은 외조부였다. 그렇다고
반갑거나 감동적이지는 않았다.

몽예는 가족이라는 유대를 모르고 살아왔기에 탈백사존
을 지칭하는 이름 중 하나가 더 있다고 여겨질 뿐이었다.

탈백사존의 목소리가 이어진다.

이 목소리는 무신총 안에서 마주한 순간 그가 몽예의 무
의식 속에 새긴 기록에 불과하지만, 몽예는 마치 코앞에서
속삭이는 듯이 생생했다.

*—네가 이 목소리를 듣는다는 건, 이미 나와 대등한 수
준에 올라섰다는 뜻이다. 그러니 내가 너에게 줄 것은 아
무것도 없다. 그러니 무언가를 기대했다면, 포기하거라.*

……바라지도 않았다.

—대신 네가 겪을 좌절과 패배를 미리 앗아가려 한다.

몽예는 문득 시야가 밝아짐을 느꼈다.

'뭐지?'

주변의 풍광이 하얗기만 하다. 그 안에 몽예는 자신이 덩그러니 놓여 있음을 느꼈다.

실제 하는 공간이 아니다. 백모신원이나 조사전에 있는 허혈과 유사하다는 느낌이 드는 곳이었다.

갑자기 백색의 공간 안에 검은 구체 하나가 맺히더니, 사람으로 변해 간다.

몽예는 나타난 사람을 바라보았다.

노인인가? 이목구비가 제대로 보이지 않아 나이를 짐작할 수가 없었다. 체형을 통해 사내라는 정도만 알 수 있을 뿐이었다.

사내의 얼굴, 입이 있을 부위가 부르르 떨리며 파문을 이루어 낸다.

—나를 극복하라. 나는 사존. 죽음을 알리던 자. 하지만 나의 권위는 고고했으나 유일하지 못했다. 그렇기에 나는 패배했으며, 극복할 수 없었다.

목소리가 분명 사존이었다.

그런데 사존이 누군가에게 패했다?

신주칠존 중 최강이며, 무신 진무도 이후 제일의 고수였던 그가?

대체 누가 있어 사존에게 패배를 안길 수 있을까?

—나의 고고함을 전할 수 없다. 유일함을 얻는 방법 또
한 모른다. 나의 어설픈 지위는 이어질 길이 없음에 사멸
됨이 마땅하다. 그렇기에 나는 나를 계승하기보단 나를 능
가하는 법을 전하려 한다. 이제부터 너는 나와 싸워야 한
다. 나를 이길 때까지 이 싸움은 계속 이어질 것이니라. 나
를 이겨라. 넘어서라. 그럼으로써 유일함을 좇으라.

몽예는 사존을 노려보며 속삭였다.

"그러니까 내가 이길 때까지 싸워 주시겠다?"

사존은 더는 말하지 않았다. 대신 오라는 듯 가볍게 손
짓을 건넸다.

몽예는 주먹을 굳게 쥐었다.

"한 시진 정도만 놀아 줄게."

第九章

　남궁학은 웃음이 많은 편이다. 그의 성격이 본래 쾌활해
서는 아니었다. 단지 웃음이란 마음속에 깃든 감정을 덮어
숨길 수 있기 때문이었다.

　하지만 정작 힘들고 괴로운 일은 그 어떤 웃음으로도 감
출 수가 없다.

　상청궁이 가까워질수록 남궁학의 표정은 점점 굳어지고
있었다.

　'무슨 일이 생긴 건가?'

　풍뢰무신에게 두 차례 정도의 연락을 받았어야 했다. 그
런데 아무런 연락이 오지 않고 있었다.

　대체 왜일까?

'다른 마음을 먹은 건가?'

그럴 리는 없었다.

풍뢰무신이 배신하지 않을 것이라고 신뢰해서가 아니다.

계획이 성공한 후에 같이 축배를 드는 그 순간, 술잔에 독을 탈 수는 있겠지만, 지금 이 시점은 아니었다.

그렇다면 대체 왜 이러는 걸까?

설마 그 짧은 시간 동안 연락조차 하지 못할 정도의 일이 발생했다는 걸까?

그렇게 답이 나오지 않는 질문만이 머릿속에 가득 차오르니 남궁학의 표정은 점점 더 무거워지고 있었다. 함께하고 있는 무제맹의 무인들에게는 앞으로 벌어질 싸움이 긴장되어 그럴 것이라고 보이는 게 다행이었다.

하지만 한 사람만은 달랐다.

"무슨 일 있느냐?"

남궁학은 억지로 표정을 풀며, 목소리가 들려온 방향으로 고개를 돌렸다.

신검무제 남궁진악이 그 자리에 있었다. 언제나 똑같은 표정과 똑같은 말투. 마치 나무를 조각하여 만들어 낸 것처럼 변함이 없다.

죽는 그 순간이 와도 저렇지 않을까?

남궁학은 고개를 저었다.

"아닙니다."

남궁진악은 감정이 느껴지지 않은 시선으로 그를 바라보며 말했다.

"학아."

그러자 남궁학의 얼굴이 붉게 달아올랐고, 콧등 위로 땀방울이 송골송골 맺혔다. 마치 못된 짓을 하다가 혼난 아이만 같았다.

남궁학은 어렵게 힘주어 말했다.

"마, 말씀하십시오."

"혹시 내게 숨기는 게 있느냐?"

남궁학은 순간 나락에 떨어지는 기분을 느꼈다. 남궁진악이 뭔가 알 리도 없고, 알 수도 없었다.

남궁세가는 이미 자신이 은밀하게 장악한 지 오래였고, 무제맹의 실무적인 부분도 역시 마찬가지였다.

혹시 남궁진악이 뭔가를 알았다고 해도 지금에 와서 달라질 건 없었다. 그저 좀 어려워지는 데 그칠 뿐이었다.

제거하면 그뿐이니까.

무공이라는 측면에서도 숨겨둔 실력을 끄집어낸다면, 남궁진악을 능가한다는 자신감이 남궁학에게는 있었다.

그 자신감이 헛된 몽상이 아님을 스스로에게 입증하기 위해 신검무제 남궁진악과 동수라고 인정되는 신래사존 중에서 유일하게 세력이 없는 신각사야를 찾아내어 대결을 통해 죽였다.

하지만 오랜 세월 동안 이어진 정신적인 압박에서 자유로울 수가 없었다.

남궁학은 애써 기분을 다독이며 힘겹게 말했다.

"어찌 제가 조부님께 숨기는 것이 있겠습니까? 허허허헛."

자신이 듣기에도 웃음소리가 어색했다. 그래서일까? 남궁진악은 잠시 더 남궁학을 바라만 보았다.

그러다 어느 순간 몸을 돌려 먼저 앞으로 걸어갔다.

남궁학은 마치 그물에서 벗어난 잉어와 같은 심정을 느끼며, 한숨을 몰아쉬었다.

남궁진악의 등을 노려보며, 이를 악 깨문다.

'달라지는 건 없어.'

오늘이 지나면 저 소름 끼치는 등을 더는 보지 않을 수 있으리라.

*　　　*　　　*

"커허허헉!"

몽예는 피를 토하며 뒹굴었다. 왼팔은 잘려 날아가 먼발치에 떨어져 있었고, 오른 다리는 무릎뼈가 튀어나와 바닥을 찔렀다. 복부에 난 상처를 통해서는 내장이 비집고 나오려 했다.

사존의 목소리가 들린다.

—다시.

그러자 몽예는 자신의 몸에 가득하던 상처가 단숨에 사라져 버리는 것을 느꼈다. 잘렸던 왼팔 역시 어느새 고스란히 붙어 있었다.

이게 벌써 몇 번째인지 몰랐다.

"젠장."

지금 있는 이 백색의 공간은 실제가 아니라, 자신의 무의식 속에 숨어 있던 탈백사존의 의념 안임을 잘 알고 있었다.

그러니 어떠한 상처를 입어도 바로 나았고, 죽지 않는 것이었다.

하지만 수십 번이나 이렇게 일방적으로 지는 건 마음에 들지 않았다.

처음보다 나아지기는 했지만, 아직 사존은 여유가 넘쳤다.

'사존을 이길 수 있을까?'

패배가 거듭될수록 자신감이 사라져 간다.

하지만 약해지면 안 된다.

'이길 수 있어!'

사존이 손짓했다.

—오너라. 일흔다섯 번째 죽음을 안겨 주마.

몽예는 주먹을 쥐었다.

"그걸 세냐, 쪼잔하게."

몽예는 어둠이 되어 사존을 향해 몰아쳤다.

*　　　*　　　*

무제맹의 무인들은 모여 선 채 상청궁의 대문을 가만히 노려만 보고 있었다.

문이 활짝 열려 있었다.

마치 그들의 방문을 환영하겠다는 듯했다. 하지만 안에서 흘러나오는 지독한 피 냄새 때문에 선뜻 걸음을 옮길 수가 없었다.

안쪽에서 인기척이 느껴지지 않는 것도 이상했다. 아니, 기척이 느껴지기는 했다. 다만 그 숫자가 대여섯 밖에 되지 않았다.

지금 이 자리에 서 있는 무제맹의 무인들은 총 서른다섯 명으로, 무제맹에 가입한 각파의 대표자이니 만큼 개개인의 무공 실력은 매우 뛰어났다. 그러니 고작 여섯이라는 숫자가 무섭지는 않았다.

다만 남궁학이 했던 말과는 상황이 너무나 다른 탓이었다.

남궁학은 상청궁이 거의 정리되었기에 도착하면 남궁세가의 무인이 자신들을 맞이할 것이라고 하지 않았던가.

그러니 사람들의 시선이 자연스럽게 남궁학에게 모였다.

하지만 남궁학은 그들의 시선을 느끼지 못하는지 그저 침중한 얼굴을 한 채, 대문 사이로 드러난 상청궁 내부 쪽만을 노려보고만 있을 뿐이었다.

어느 순간 상청궁 안쪽에서 느껴지는 기척 중 세 개가 다가오기 시작했다.

사람들은 긴장하며 대문을 노려보았다. 잠시 후, 세 사람이 나타나 대문 안의 마당을 가로질러 왔다.

그들이 당도하기 전, 무제맹 무인들 중 청성파 사람들이 놀라 외쳤다.

"아니! 저건?"

"저 아이들이 어떻게?"

다른 이들은 이상하여 다가오는 이들을 세세히 살폈다. 입고 있는 옷은 찢어지고 핏물에 흠뻑 젖어 있었지만, 전체적인 형태가 상당히 눈에 익는다는 것을 깨달을 수 있었다.

청성파의 도복이 분명했다.

방준명과 화매봉, 장천수였다. 그들은 지치고 피곤한 표정을 숨기지 않은 채 묵묵히 다가와 대문 앞에서야 멈춰섰다.

그러자 무제맹 무인 중 청성파를 대표하는 고수, 청운자가 한 걸음 앞으로 나섰다.

"너희가 왜 이곳에 있는 게냐?"

방준명이 정중히 인사를 건넨 후 대꾸했다.

"주인으로서 손님을 맞이하기 위해 나왔을 뿐입니다."

말이야 옳았다.

청성산 상청궁은 청성파의 본산이니, 장령제자인 방준명은 주인을 자처할 자격이 충분했다.

방준명이 말했다.

"죄송한 말씀이오나 본 파는 현재 손님을 맞이할 만한 처지가 아닙니다. 그러니 손님분들께서는 나중에 다시 와주시기를 바랍니다."

정중한 축객령이지만, 그 말을 곧이들을 사람은 이 자리에 아무도 없었다.

누군가 나서며 날카로운 목소리로 외쳤다.

"철무장! 그놈은 어디에 있느냐!"

모든 사람의 시선이 나선 사람을 향해 돌아갔다. 흑의

비단 장포를 걸친 노인으로, 마치 매의 눈처럼 눈이 크고 매서웠다.

철혈성의 실질적인 주인인 철혈칠로 중 맏이인 응안철조(鷹眼鐵祖)로, 이름 없는 중소문파였던 철혈성을 사도의 오대 세력 중 하나로 끌어올린 당사자였다.

철혈패왕의 숨긴 신분이 풍뢰무신임을 모르는 그로서는 당연한 분노였다. 머슴이 일을 잘해 창고 열쇠를 맡겼더니, 통째로 들고 날라 버린 격이니 말이다.

방준명이 단조로운 목소리로 말했다.

"그는 죽었습니다."

순간 모든 이들이 눈이 커졌다. 하지만 응안철조는 콧방귀를 뀌었다.

"흥! 너의 말을 믿을 수가 없구나!"

방준명은 단호한 어조로 말했다.

"믿으십시오. 그는 죽었습니다. 그러니 돌아가시지요."

순간 응안철조의 커다란 눈에 핏발이 섰다. 그는 강호상의 위치로 따지면 이 자리에서 신검무제 다음이었다.

그러니 방준명과는 말을 나누기는커녕, 한자리에 있을 수도 없는 신분이라 할 수 있었다.

그런데 방준명이 응안철조에게 감히 돌아가시라고 말한다.

이건 결례를 넘어선 무례이다.

청운자가 당황하며 나섰다.

"이놈! 이게 무슨 망발이더냐! 노야께 사과드리거라."

방준명은 못 들은 척 무제맹 무인 모두를 향해 외쳤다.

"여러분께서는 돌아가셔야 합니다! 자세한 사정을 설명드릴 수 없음은 죄송합니다! 하지만 여러분 모두를 위함입니다! 부디 저의 청을 들어주십시오!"

사과하라는 종용을 무시하며 제 말만을 하는 방준명의 태도에 응안철조의 얼굴은 딱딱하게 굳었다.

응안철조는 청운자 쪽을 돌아보며 차갑게 말했다.

"청성파의 임시 장문께서 보시기에 이 늙은이가 더 참을 이유가 있을 것 같으시오?"

청운자는 입술만 깨물었다. 안 그래도 응안철조는 언제 터질지 모르는 활화산과 같은 상태였다. 조금도 예상할 수 없었던 철혈패왕의 갑작스러운 난동에 죄인 아닌 죄인이 되어, 억울하지만 참고 또 참아야 했다.

특히 철혈패왕에게 가장 큰 피해를 입은 청성파에게는 더없이 조심해 왔다. 하지만 이제 더는 참을 수 없는 듯했다.

아니지. 참지 않아도 될 만한 기회를 엿보고 있었는데, 방준명이 제대로 걸린 것이다.

응안철조는 실리적인 사람이었다. 그러니 방준명에게 어떠한 위해를 가하지는 않을 것이다. 다만 이 모욕을 계

기로 삼아 자신과 철혈성의 처지를 조금 개선하려는 것이
분명했다.

강호의 이무기답게 음흉하기 짝이 없다.

응안철조가 말했다.

"이 늙은이가 집안 단속을 제대로 못하여 귀 파에 큰 죄
를 지었소. 허나 이런 수모까지 견디라 하심은 너무 과하
다 싶소이다."

무제맹 무인들 대부분이 고개를 끄덕였다. 그들이라고
응안철조의 속내를 모르지는 않았다. 다만, 거의 멸문에
가까운 피해를 입은 청성파와 삼 할 정도의 세력을 잃었지
만 건재함을 과시하는 철혈성 중에 어느 쪽 편을 들어야
할지는 명확했다.

구파오가와 이부삼성으로 대변되던 무림의 판도는 무제
맹의 창립과 함께 뒤집어질 것이다. 그러니 힘이 되는 동
료가 필요할 시점이다.

청운자는 주변의 반응을 보며, 한숨을 내쉬었다. 청성파
의 암담한 현실과 그보다 더 우울한 미래를 엿본 듯해서였
다.

그때였다.

방준명과 화매봉, 장천수의 뒤편으로 바람이 휘몰아치
더니 사람 하나가 내려섰다.

칼날같이 날카로운 기세와 거암이 내려앉는 듯이 무거

운 위압!

고수이다!

철혈패왕인가 의심하여 무제맹 무인들은 긴장했다. 하지만 나타난 사람의 용모는 그들이 아는 철혈패왕과는 너무도 달랐다.

삐삐 마른 체형에 거적때기 같은 옷을 걸치고, 지푸라기처럼 거친 백발을 아무렇게나 기른 노인이었다. 그리고 눈두덩이 움푹 파인 것으로 보아 맹인인 듯했다. 그런데 노인은 어울리지 않게 지팡이 대신 고색창연한 검을 하나 들고 있었다.

노인은 눈이 보이기라도 하는 듯 응안철조 쪽으로 얼굴을 고정한 채 말했다.

"주인이 가라면 갈 것이지, 무슨 잔말이 그리 많은가!"

응안철조의 얼굴이 타오르는 듯이 붉게 물들었다. 하지만 노인는 그로서도 감당할 자신이 서지 않는 고수였고, 또한 정체를 알 수 없기에 자제하며 찬찬히 살폈다.

그때 갑자기 신검무제 남궁진악이 말했다.

"오랜만이외다, 선배."

그러자 노인의 고개가 남궁진악에게로 돌아갔다.

"나를 알아보겠는가?"

남궁진악의 눈동자가 살짝 내려가 노인이 쥔 검을 향했다.

"어찌 그 검을 잊으리오."

그러자 노인의 볼이 부들부들 떨렸다.

"그랬나? 나의 검이 자네에게 기억될 정도는 되었나? 고맙구만."

신검무제 남궁진악이 남궁학을 향해 고개를 돌렸다.

"인사드리거라. 추양자 선배이시다."

모든 사람들이 놀라 입이 벌어졌다.

한때 천하제일검이라고 불렸던 그가 아직도 건재하다니.

모두가 일제히 포권을 취하며 인사를 하려 했다.

하지만 추양자는 가벼운 손짓으로 그들의 인사를 거부하며 말했다.

"거두절미하고 묻겠네. 자네들은 꼭 들어와야 하겠는가?"

추양자의 말에 모든 이들의 시선이 신검무제를 향했다. 모두의 뜻을 물었지만, 신검무제의 결정이 어떤지가 가장 중요했다.

신검무제는 말했다.

"선배와 청성파의 마음은 이해하나, 이 사단은 귀 파만의 문제가 아니외다. 직접 눈으로 보고 확인하여야만 할 것이외다."

추양자는 알았다는 듯 고개를 끄덕였다.

"그렇겠지. 하지만 앞으로 벌어질 일은 자네들이 책임져야 할 것이네. 나와 우리 청성파 아이들은 자네를 말렸다는 것을 기억하게."

신검무제 남궁진악은 눈을 얇게 좁히더니 추양자의 얼굴을 찬찬히 살피며 말했다.

"상청궁 안에 대체 무엇이 있기에 그러십니까?"

추양자는 속삭였다.

"인두겁을 쓴 마귀와 악당."

그리고 더는 아무 말도 하지 않겠다는 듯 입을 굳게 다물더니 몸을 돌렸다.

방준명과 화매봉, 장천수는 어쩔 수 없다는 듯 대문 옆으로 비켜섰다.

추양자의 경고 때문에 활짝 열려 있는 대문이 불길하기만 했다.

하지만 신검무제 남궁진악은 아무렇지 않다는 듯 걸음을 옮겼다. 그러자 그 뒤를 남궁학이 따랐고, 결국 모든 이들이 대문을 지나쳐 안으로 들어섰다.

추양자의 목소리가 안개처럼 부유한다.

"난 분명 말렸다는 것을 기억하게나."

*　　　*　　　*

대문을 지나쳐, 상청궁 내전의 벽문을 지나자, 피 냄새
는 더욱 짙어졌다.

그리고 벽 하나를 더 지나치자, 한쪽에 쌓여 있는 시체
더미가 그들을 반겼다. 마구잡이로 대충 쌓아 놓은 듯한
데, 얼핏 보아도 시신의 수는 이백 정도는 되는 듯했다. 잘
린 팔다리가 시체의 틈 사이에 꽂혀 있고, 바닥은 핏물이
저수지처럼 고여 있었다.

실로 참혹한 광경이었다. 하지만 이 자리에 있는 이들
대부분은 수많은 위기와 고난을 이겨 내어 명숙의 반열에
든 인물들이었다.

그러니 잠시 눈을 찌푸리는 정도만으로 그칠 뿐이었다.
하지만 정면에 깔린 시체를 보는 순간만은 당황하여 눈,
코, 입이 크게 벌어졌다.

머리는 뭉개지고, 팔 하나는 없으며, 복부에는 커다란
구멍이 뚫린 시체였다. 그 앞에 어디서 잘라 낸 목판 하나
가 꽂혀 있는데, 표면에 철혈패왕이라는 네 글자가 적혀
있었다.

추양자가 말했다.

"저 시체가 철혈패왕이라는 놈이네."

정말 저 시체가 철혈패왕일까?

머리가 사라진 탓에 확인할 방법이 없었다.

한쪽에 쌓여 있는 시체 더미를 돌아본다. 시신의 의복은

남궁세가를 상징하는 무복이었다.

대체 이 안에서 무슨 일이 벌어졌던 걸까?

응안철조가 말했다.

"난 믿을 수가 없소. 철무장 그놈은 대체 어디 있는 게요? 혹시 선배가 빼돌린 것 아니오?"

그러자 청성파 쪽 무인들이 일제히 외쳤다.

"말씀이 과하십니다!"

"심하시오!"

하지만 정작 추양자의 표정은 담담했다. 그저 슬며시 응안철조 쪽을 향해 고개를 돌리며 말했다.

"내가 그럴 이유가 없지 않은가?"

"그건 모르지요. 청성파 내부의 사정을 제가 어찌 알 수 있겠습니까?"

추양자가 청성파를 차지하기 위해 철혈패왕과 공모했을 수도 있다는 뜻이었다.

추양자는 가볍게 고개를 끄덕였다.

"그래. 그렇게 보일 수도 있겠군. 하지만 아니네."

"믿을 수 없소이다."

"그럼 믿지 마시게. 난 더는 할 말이 없네."

추양자는 그렇게 말한 후 한쪽으로 빠졌다.

그러자, 철혈패왕의 시체 너머에 위치한 건물의 문이 열리며, 세 사람이 걸어 나왔다.

홍한교와 장칠, 그리고 법왕이었다.

그러자 무제맹 쪽 사람 중 몇몇이 외치듯 말했다.

"어? 저들은 등운권협의 동료 아닌가?"

"저들이 왜 여기에?"

홍한교와 장칠이 중원에 온 건 얼마 되지 않았지만, 몽예와 함께 당가타에서 벌인 짓이 워낙 시끄러워서, 무제맹무인들 중 알아보는 사람이 많았다.

홍한교와 장칠, 법왕은 남궁학만을 노려보며 다가왔다.

장칠이 말했다.

"쟤지?"

홍한교가 대꾸했다.

"그럴 걸?"

법왕이 이죽거렸다.

"아무것도 모르는 척, 시치미 떼고 있는 꼴이 딱 쟤네."

대체 뭔 말을 하는 걸까?

그들은 무제맹 무인들과의 거리를 오 장 정도 남겨둔 채걸음을 멈췄다.

그러자 신검무제가 말했다.

"그 아이는 어디 있느냐?"

몽예를 말함이라.

장칠이 대꾸했다.

"기다리다가 지쳐서 자고 있습니다."

신검무제는 주변을 천천히 쓸어 본 후, 말했다.

"이건 그 아이가 벌인 짓이더냐?"

"아시다시피 걔가 좀 과격하잖습니까?"

신검무제의 입가에 미소가 어렸다.

"알지. 알다마다. 그래. 뭐가 어떻게 된 것인지 사정 좀 알려주겠느냐?"

그때 법왕이 말했다.

"뭘 시치미를 떼시나? 다 알면서 그래?"

신검무제의 시선이 법왕 쪽으로 돌아갔다.

"다 안다?"

법왕은 크게 고개를 끄덕였다.

"몽예가 그러더군. 당신이라면 이미 다 알고 있을 것이라고."

신검무제는 가만히 법왕을 바라보았다. 그러다 어느 순간 천천히 작게 속삭였다.

"그래, 알지. 알다마다."

휘익.

갑자기 신검무제의 뒤춤에 꽂혀 있는 검이 튀어 올라 빛살이 되었다.

"커헉!"

짧은 비명이 울린다.

모두의 시선이 비명의 주인을 향해 돌아갔다.

그곳엔 신검무제의 검이 가슴에 꽂힌 채 비틀거리는 남궁학이 있었다.

＊　　　＊　　　＊

'이제 마지막이야.'

확신에 가까운 짐작이 몽예의 뇌리에 스쳤다. 끊임없이 이어지는 탈백사존과의 대결을 통해 몽예는 자신이 가진 것을 모조리 쏟아낼 수 있었다.

검선과 혼제조차 받아낼 수 없었던 염왕수와 백보신권을 연거푸 퍼부어 댔고, 백모신원과의 만남으로 이룰 수 있었던 일패혼을 근간한 모든 형태의 공격을 가했다.

하지만 탈백사존에게는 조금도 통하지 않았다. 오히려 힘에는 더한 힘으로, 변화에는 더한 변화로 대응해 왔다.

패배는 당연했고, 죽고 깨어나는 순간이 익숙해졌다.

그렇지만 패배가 거듭되며 탈백사존과의 대결은 점차 다른 형태를 띠었다.

공방의 횟수가 줄어들었고, 결국에는 아예 사라졌다.

그저 서로를 바라볼 뿐이었다.

눈이 아닌 가슴으로.

가슴이 아닌 마음으로.

그리고 이제는 아예 의식하지 않는 지경에 이르렀다.

순간, 몽예가 말했다.

"세상에 나와서 알게 된 사실인데, 당신이 내 외조부래."

탈백사존이 답한다.

—그러냐?

지금 눈앞에 있는 탈백사존은 존재하지 않는다. 그저 그가 자신의 무의식 속에 심어 놓은 사념의 파편에 불과했다.

그럼에도 몽예는 탈백사존이 직접 듣는다 해도 같은 반응을 보일 것 같았다.

"자, 이제 끝을 보자."

휘이이이이이이잉.

몽예의 전신에서 검은 안개가 흘러나왔다. 일패혼을 끌어올릴 때 벌어지는 현상이었다.

일패혼은 이전처럼 나무의 형상을 이루진 않았다. 대신, 아미산에서 청주귀왕을 상대할 때처럼 갑옷처럼 압밀되었다. 다른 점이라면, 그때보다 얇았다.

마치 묵으로 전신을 칠해 놓은 듯했다.

오른 눈과 왼팔에 낀 하얀 무적갑만이 본래의 색을 유지하고 있었다.

무적갑이 제 색을 유지하는 건 일패혼의 기운마저도 거부하며 본래의 형질을 유지하기 때문이었지만, 오른 눈은 아직 몽예가 완성되지 않았다는 증거였다.

일종의 조문이라고 할 수 있었다. 하지만 몽예는 그게 오히려 마음에 들었다.

오른 눈이 드러남으로써 사람으로서의 감정을 유지할 수가 있었으니까.

몽예는 준비를 마쳤음을 느끼며 탈백사존을 향해 걸음을 옮겼다. 그러자 탈백사존 또한 마주 걸어왔다.

몽예가 말했다.

"당신을 이기면 다시는 못 보나?"

탈백사존은 고개를 저었다.

—모르겠구나. 내가 죽었는지 살았는지를 나는 알 수가 없으니.

몽예가 아쉽다는 듯 속삭였다.

"그래? 고맙다는 말 정도는 하고 싶은데."

탈백사존의 입매가 부드럽게 올라갔다.

—잘 컸구나.

유일하게 드러난 몽예의 오른 눈이 떨렸다. 잠시 머뭇거리던 몽예가 속삭이듯 말했다.

"왜 그래. 이기기 싫어지게."

탈백사존이 코웃음 쳤다.

　—사백마흔두 번을 지고 나서 할 말은 아닌 듯하구나.

몽예가 퉁명스레 말했다.

"치사하게 계속 세냐."

탈백사존이 자세를 취하며 말했다.

　—더 세지 않도록 해 다오.

몽예 역시 자세를 취하며 속삭였다.

"그렇게 될 거야."

　말이 마치는 동시에 두 사람은 서로를 향해 튀어 나갔다.

＊　　　＊　　　＊

　무림이 아무리 삭막한 세상이라지만, 조부가 친손자에게 위해를 가하는 법은 없다.

그렇기에 신검무제 남궁진악의 갑작스러운 행동은 모든 사람을 경악토록 만들었다.

남궁진악의 검을 가슴에 꽂은 채, 비틀거리며 쓰러지는 남궁학의 모습은 꿈을 꾸고 있는 건 아닐까 싶을 정도로 어이없었다.

하지만 이어진 남궁진악의 행동은 그들의 눈에 들어오는 광경이 현실이라는 것을 서늘하도록 확실하게 알려주고 있었다.

퍼퍼퍼퍼퍼퍼퍽!

남궁진악의 두 주먹이 빛살이 되어 튀어 나가 남궁학의 전신을 두들겼다.

남궁학은 막고 피하며 물러나려 했다. 하지만 남궁진악은 그림자처럼 달라붙었고, 결국 남궁학은 핏물을 뿜어내며 바닥을 구르다가 하늘로 솟구치기를 반복했다.

대체 이게 무슨 일인지 몰라 사람들은 서로의 눈치만을 보았다. 남궁세가 내부의 일이기에 끼어들 수도 없었다.

어느 순간 갑자기 남궁학이 크게 기합을 터트렸다.

"흐아아아아아아압!"

콰아아아아앙!

굉음과 함께 남궁진악이 튕겨 나왔다.

남궁진악은 다시 달려들려 했지만, 남궁학을 한 차례 훑어보더니 자세를 정돈하고 마주 섰다.

남궁학은 잠시 사이 핏물로 뭉친 사람과 같은 몰골로 변해 있었다. 하지만 눈빛만은 날카롭고 무거웠다.

남궁학은 가슴에 꽂힌 검을 뽑아내며 말했다.

"언제부터 아셨습니까?"

고통스러운지 얼굴을 찡그렸지만, 목소리만은 전혀 떨림이 없었다.

남궁진악은 평소와 다름없는 어조로 말했다.

"나는 너에게 충분한 기회를 주었다."

남궁학은 고개를 주억거렸다.

"아! 오던 길에 여쭈셨던 말씀이 그 뜻이셨군요."

"왜 그랬는지는 묻지 않겠다. 다만 이제는 돌이킬 수 없음이니라."

남궁학은 피식거렸다.

"돌이킬 생각도 없습니다. 그저 역시 조부님다우시단 말밖에 안 나오는군요."

무제맹 무인들은 두 사람의 대화를 그저 지켜만 보았다. 그럼으로써 사정을 짐작해 보려 했다.

그들의 불편한 마음을 헤아리기 위함인지, 신검무제 남궁진악이 대략이나마 사정을 알 수 있을 만한 말을 했다.

"여러분께 죄송하다는 말씀부터 드려야 하겠소이다. 본인은 얼마 전 내 손자 남궁학이 철혈패왕과 손을 잡고, 나와 여기 있는 모든 이들의 암살을 기도했음을 알았소."

순간 모든 이들의 입이 쩍 벌어졌다.

남궁학이 대체 왜 그런 짓을 한단 말인가?

신검무제의 설명이 이어졌다.

"무제맹을 자신의 것으로 만들려 했음이며, 나아가 숭무정이라는 암중 세력과 야합하여 무림일통을 도모하려 했음이오."

무인들은 저마다 속삭였다.

"숭무정?"

"숭무정이 뭐지?"

"사존부라면 모를까, 숭무정?"

숭무정의 존재를 아직 모르는 그들에게는 갑작스럽고, 뜬금없었다.

숭무정에 대한 설명은 장칠이 대신했다.

"참나. 대체 아는 게 뭔지. 숭무정은 무신진가의 생존자들이 당신들에게 복수를 하기 위해 일군 세력이오."

사람들은 거듭 놀랐다.

무신진가라는 이름이 여기서 왜 튀어나오는 걸까?

장칠은 그들의 모습이 답답하다는 듯 이죽거렸다.

"저러니 당하지. 쯧쯔쯔."

고작 나이가 이립밖에 되지 않은 장칠에게 들을 말이 아니었지만, 사람들은 의식할 수 없었다. 너무도 놀랄 만한 광경과 이야기가 이어져 장칠의 조롱이 그들의 귓속에 박히지 않기 때문이었다.

남궁학이 말했다.

"그랬소. 이번 사천혈사는 풍뢰무신, 아니 철혈패왕과 바로 제가 함께 꾸민 짓이라오. 그리고 여러분을 설득하여 굳이 여기까지 모신 건, 여러분을 일시에 제거하여 무제맹을 단숨에 차지하기 위함이었소."

침묵이 휩쓸었다.

남궁학이 남궁진악을 노려보며 말했다.

"그래서 조부님께서는 다르시오? 조부님께서도 이 자리에 있는 사람들을 제거하실 셈 아니셨소? 그렇기에 모든 것을 알면서도 모른 척하신 것 아니시오?"

사람들의 시선이 남궁진악 쪽으로 옮겨갔다. 사실일까?

남궁진악이 말했다.

"내가 스스로 내 뼈와 살을 베어 낼 정도로 어리석어 보이더냐?"

남궁학이 가증스럽다는 듯이 비웃음을 머금었다.

"뼈와 살이 아니라, 걸림돌이지요. 통제하기 힘들고, 욕심만 많은 곁가지들. 무제맹이라는 기둥이 바로 서기도 전에 제 밥그릇부터 챙기려는 버러지들. 차라리 저의 계획을 기회로 삼아 모조리 제거해 버리실 셈 아니셨소? 하지만 저의 계획이 어긋난 것 같으니, 이제서야 모든 사실을 알고 있음을 알리시는 것 아니오? 그러니 조부님께서 친히

저를 베어 죽임으로써 자신의 결백을 증명하시려 하시려는 것 아닙니까?"

설득력 있는 이야기였다.

그러니 모든 이들이 의심의 눈초리로 남궁진악의 표정만을 살폈다. 하지만 남궁진악에게서는 그 어떠한 감정의 변화도 느낄 수 없었다.

남궁학이 고개를 절레절레 흔들며 말했다.

"조부님다우십니다."

신검무제 남궁진악이 남궁학을 향해 천천히 오른손을 뻗었다. 그러자 그의 손 위로 무형의 기운이 어리더니, 검의 형태를 이루었다.

심검지경.

마음으로 검을 이루니, 나의 의지가 곧 검이로다.

이제 대화가 아닌 검으로 말하자는 뜻이 분명했다.

남궁학이 이를 빠드득 갈았다. 평상시라면, 남궁진악을 상대로 일전을 결한다고 해도, 이길 자신이 있었다. 하지만 지금과 같이 위중한 상처를 입은 상황에서는 아무래도 무리였다.

남궁학이 변명하듯 말했다.

"조부님의 뜻대로 될 것 같습니까? 무제맹은 이미 저와 숭무정에 의해 장악된 상태입니다. 저를 이대로 죽이신다면, 무제맹은 아귀다툼이 일어나 그대로 자멸할 것입니다."

그때 기다렸다는 듯이 한 사람이 나타났다.

"아쉽게도 그런 일을 벌어지지 않을 것이외다."

사람들의 시선이 나타난 사람을 향해 돌아갔다.

백의장삼을 입은 청수한 인상의 중년인이 다가오고 있었다.

중년인을 알아본 누군가가 소리쳤다.

"제갈홍?"

"저 사람은 제갈세가의 가주 아닌가?"

제갈홍은 자신의 등장에 놀라는 사람들을 향해 포권을 쥐어 인사를 한 후, 신검무제 남궁진악 쪽으로 다가갔다.

"오래 기다리셨습니까?"

남궁진악은 입만 벌려 대꾸했다.

"약속했던 일은 어찌 되었소?"

"잘 마무리되고 있습니다. 무제맹 내에 잠입한 숭무정 세력은 대부분 솎아낼 수 있을 듯합니다."

"문상께서 고생하셨구려."

제갈홍은 웃는 낯으로 고개를 숙였다.

"별말씀을."

남궁진악이 제갈홍을 문상이라는 직위로 부르고, 제갈홍은 당연하다는 듯이 받아들인다.

남궁학은 질끈 눈을 감았다.

"제갈세가와 손을 잡았던 것입니까?"

대체 언제부터?

그건 중요치 않았다. 두 사람의 짧은 대화만으로, 자신의 계획이 모조리 수포로 돌아갔음을 알 수 있었다. 그건 이제 자신의 죽음으로 사천혈사는 종식된다는 뜻이었다.

남궁학의 어깨가 축 늘어졌다.

"제가 왜 가문을 배신했는지는 아십니까?"

남궁진악은 대답치 않고, 그저 남궁학을 향해 걸음을 내디뎠다.

남궁학은 처연한 미소를 지으며 속삭였다.

"그렇지요. 관심도 없으시겠지요. 제 아들놈을 죽였듯이, 저도 그렇게 단숨에 베어 버리시겠죠. 조금의 미련도 없이 말입니다. 그게 바로 제가 조부님과 가문을 배신한 이유입니다."

그 순간 처음으로 남궁진악의 얼굴이 일그러졌다. 하지만 바로 본래의 모습으로 돌아왔고, 멈췄던 걸음을 이어갔다.

남궁학은 고개를 들어 시선을 하늘로 향하더니, 어느 순간 지그시 눈을 감았다. 맞서 삶을 도모하기보다는 그저 자신의 죽음을 받아들이려는 듯했다.

그 사이 남궁학의 앞에 이른 남궁진악은 걸음을 멈췄다.

경건한 의식을 치르는 듯이 엄숙하게 오른손에 맺힌 심

검을 높이 들더니 남궁진악을 향해 천천히 내린다.

그런데 남궁학의 어깨에 심검이 닿으려는 찰나, 더 이상 밑으로 내려가지 않고 그대로 멈췄다.

손 하나가 끼어들어 심검을 붙잡은 탓이었다.

심검은 강기의 정화이며, 신검무제 남궁진악이라는 절대고수가 가진 의지의 결정체.

막을 수 있는 것이 아니었다.

신검무제 남궁진악의 눈이 찢어질 듯 벌어지며, 손의 주인을 향해 돌아갔다. 죽음을 기다리던 남궁학은 이상함을 느끼며, 눈을 뜨고 고개를 내렸다. 심검을 잡은 손의 주인을 보더니 놀라 외친다.

"정주님?"

나타난 사내가 낮은 목소리로 말했다.

"내가 한번 들려 본다고 했지 않느냐."

第十章

그의 등장은 갑작스러웠다. 하지만 아무도 눈치챌 수 없었다. 그만큼 자연스러웠다. 시냇물에 잠겨 있는 조약돌처럼, 길가에 뿌리내린 나무처럼, 본래 그 자리에 있었던 정물만 같았다.

그러니 본래 그가 있던 곳에 남궁진악과 남궁학이 다가간 것이 아닐까, 하는 생각까지 들 정도였다.

하지만 그럴 리는 없었다. 모든 이들의 시야 속에 그의 모습이 드러난 건 바로 조금 전이었으니까.

사내가 남궁학을 향해 말했다.

"내가 뭐라고 했느냐? 실패할 것이라고 했지?"

아이가 동무를 놀리는 듯이 치기 어린 말투였다. 아니,

어른이 아이를 훈계하는 듯했다.

기묘하다.

두 가지 상반된 감정이 들게 하는 말투라니.

그러고 보니 사내의 용모가 괴이하다는 생각이 들었다. 어찌 보면 홍안의 소년 같았고, 달리 보면 세상을 다 산 노인 같았다.

소년과 노인의 용모를 한꺼번에 담을 수가 있을까?

있다.

바로 사내가 그랬다.

신검무제의 심검을 쥔 사내의 손이 벌어졌다. 그제야 신검무제는 뒷걸음질 쳐 사내와의 거리를 벌렸다.

그러며 지금껏 보인 적 없는 침중한 안색과 눈빛으로 사내를 노려보았다.

하지만 사내는 그저 남궁학을 향해 웃는 낯으로 떠들어대고 있을 뿐이었다.

"많이 다쳤구나? 쯧쯔쯔. 일이 틀어졌다 싶으면 돌아보지 말고 내빼라 하지 않았더냐?"

남궁학은 고개를 숙였다.

"죄송합니다, 정주님. 면목이 없습니다."

"되었다. 살아만 있으면 다시 시작할 수 있어."

사내의 시선이 그제야 남궁학에서 벗어나 주변을 향했다. 그러더니 먼발치에 놓여 있는 철혈패왕의 시신에서 멈쳤다.

사내의 눈매가 살짝 구겨졌다.

"쯧쯧쯧."

사내는 철혈패왕의 시체가 있는 방향으로 걸음을 옮겼다. 그 사이에 신검무제가 자세를 취한 채 서 있었지만, 그의 눈에는 보이지 않는 듯했다.

신검무제는 오른손에 쥔 심검에 왼손까지 가져다 대어 두 손으로 꽉 쥔 후, 사내가 다가오기를 기다렸다.

그럼에도 사내는 아무렇지 않다는 듯 걸어갔다.

두 사람의 거리는 점점 가까워졌고, 신검무제의 표정은 긴장과 흥분을 담아 일그러졌다.

삼 장의 간격이 이 장에서, 일 장까지로 좁혀졌다.

그럼에도 신검무제는 움직이지 않았다.

그리고 단 몇 걸음 정도면 충분한 거리를 남겨 두자, 신검무제는 옆으로 비켜섰다. 그의 손에 맺혀 있던 심검은 실타래처럼 풀려 연기가 되어 사라졌다.

그러자 사내는 당연하다는 듯이 그대로 걸어가, 신검무제를 지나쳤다.

모든 사람이 느낄 수 있었다, 신검무제가 패했다는 것을!

기묘한 사내는 철혈패왕의 시체 앞에 멈춰 서더니, 혀를 찼다.

"그러게 내가 뭐라고 했느냐? 머리 쓰는 건 좋지만, 세상만사가 네 꿍꿍이대로 굴러갈 것이라고 여기진 말라 했지 않느냐. 이 꼴이 뭐냐. 쯧쯔쯔쯔."

질책하는 말과는 달리, 사내의 눈매는 안쓰럽다는 듯이 서글프게 아래로 내려앉았다.

사내가 천천히 손을 뻗었다. 그러자 철혈패왕의 시체가 공중으로 떠올랐고, 먼지가 되어 흩어지기 시작했다.

그것으로 용건을 마쳤다는 듯 사내는 뒷짐을 쥐고 돌아섰고, 남궁학에게로 다시 걸음을 옮겼다.

아무도 사내의 행동을 제지하지 않았다. 아니, 제지하지 못했다.

신검무제 남궁진악조차 검 한 번 휘둘러보지 못하고 물러났는데, 그 누가 있어서 사내를 막을 수 있을까?

그때였다.

"오랜만입니다, 숭무정주."

사내의 걸음이 멈췄고, 목소리의 주인을 향해 고개를 돌렸다.

그 자리에 법왕이 있었다.

숭무정주라고 불린 사내는 눈매를 얇게 좁히며, 법왕의 얼굴을 찬찬히 살폈다.

법왕이 말했다.

"내 구슬은 잘 가지고 계시지요?"

그러자 숭무정주의 눈이 커졌다.

"설마……?"

법왕이 고개를 크게 끄덕였다.

"맞소이다. 나요."

숭무정주가 법왕을 향해 정중하게 포권을 취했다.

"큰 스승께서는 그동안 잘 지내셨습니까?"

법왕은 코웃음 쳤다.

"덕분에 잘 못 지냈다는 것 아시지 않습니까?"

숭무정주는 포권을 풀고 미소를 머금었다.

"죄송하오나, 아직 구슬은 돌려드릴 수 없습니다."

"그러시겠죠. 저도 그냥 돌려받을 생각은 없습니다."

그렇게 말하며 법왕은 굶주린 짐승과도 같은 눈을 하고 숭무정주를 노려보았다.

하지만 숭무정주는 여전히 담담한 표정을 유지한 채, 말했다.

"약속드리지요. 구슬은 꼭 돌려드리겠습니다. 하지만 조금은 더 기다려 주십시오."

법왕은 대답하는 대신, 이를 빠드득 갈았다. 하지만 어쩔 수 없다는 듯 한숨만을 흘렸다.

"으휴. 오늘은 서로 못 봤다 칩시다. 다음에 제가 직접 받으러 가지요."

숭무정주의 눈에 이채가 흘렀다.

"받으러 오시겠다고요? 제게요? 허허허허헛. 재밌군요. 즐거운 경험이 될 것 같아 기대됩니다."

"기대해도 좋습니다. 다만, 즐겁지는 않으실 거요."

숭무정주의 눈이 얇아졌다.

"제가 누군지 아시지요?"

"알지요."

"그런데도 받아 가실 수 있으시리라 자신하신다 라……."

숭무정주의 얼굴이 살짝 붉게 물들었다. 화가 나서가 아니었다. 장난감을 찾은 아이처럼 들뜬 듯한 표정이었다.

"기다리겠습니다."

법왕은 고개를 끄덕였다.

"네. 오래 걸리진 않을 것입니다."

숭무정주는 잠시 더 법왕을 바라보다가, 몸을 틀어 남궁학에게로 다가갔다.

그리고 남궁학에게 말했다.

"가자. 걸을 수는 있겠느냐? 업어 주랴?"

남궁학은 크게 고개를 저었다.

"아닙니다. 걸을 정도는 됩니다."

"그럼 되었다. 가자꾸나. 건천하고 곤음이 많이 구박할 게야. 괜히 대거리하지 말고, 그저 잘못했다고 해야 한다."

310

"죄송합니다."

"되었다. 사내놈이 일을 꾸미다 보면, 꼬꾸라질 때도 있는 게지."

남궁학은 입만 우물거리며, 고개를 푹 숙였다. 숭무정주는 그런 남궁학의 어깨를 가볍게 두들겨 준 후, 뒷짐을 쥐었다.

"자, 가자꾸나."

그때였다.

"멈추시오."

신검무제 남궁진악의 목소리. 그답지 않게 부들부들 떨리고 있었다.

숭무정주의 얼굴이 그를 향해 돌아갔다.

신검무제가 침을 꿀꺽 삼킨 후, 말했다.

"맞소이까?"

숭무정주는 빙긋 미소를 지었다.

"맞네."

그러자 신검무제의 눈이 크게 벌어졌다.

"어, 어떻게?"

"어쩌다 보니 그렇게 되었네."

신검무제의 몸이 부들부들 떨었다.

"원하는 게 뭡니까?"

숭무정주가 가볍게 고개를 저었다.

"아무것도 없네. 믿을지 모르지만 나는 세상일에 관심이 별로 없다네. 당연히 욕심도 없지. 오늘 이곳에 온 건, 내가 귀여워하던 아이들이 위태로워 보여서 기회를 한 번 더 줄 수 있을까 싶어서였을 뿐이라네. 그러니 자네가 나를 좀 이해해 주게. 이 아이만 데리고 내려갔으면 하네. 그래도 되겠는가?"

"당신께서 하시는 일을 그 누가 막을 수 있겠습니까."

"체면을 세워 주니 고맙네."

숭무정주는 고갯짓으로 가볍게 인사를 건넨 후, 몸을 돌려 대문이 있는 방향을 향해 걸어갔다. 남궁학이 쩔뚝거리며 그의 뒤를 쫓았다.

숭무정주가 몇 걸음 걸어가다가 말고 갑자기 걸음을 멈춘다.

그러더니 남궁학이 걷는 모양새를 잠시 지켜보다가, 마음에 안 든다는 듯이 눈살을 찌푸렸다.

미간을 좁히고 고민을 하더니, 뭔가 결심했다는 듯 몸을 돌렸다.

"아무래도 안 되겠군. 내 아이들의 몰골을 보니 화가 나는구만. 자네들에게 화풀이 좀 해야겠어."

그리고 신검무제를 향해 성큼성큼 다가가기 시작했다.

*   *   *

숭무정주의 갑작스러운 태도에 위기감을 느낀 사람은
그리 많지 않았다.

숭무정주가 신검무제를 능가하는 고수라는 짐작은 했지
만, 이 자리에 있는 모두가 합공을 가한다면 충분히 상대
할 수 있을 것이라는 게, 사람들의 공통된 생각이었다.

하지만 숭무정주의 정체를 짐작하거나 아는 사람만은
달랐다.

그중 한 사람인 법왕은 앞으로 벌어질 일을 한 마디로
단정 지을 수가 있었다.

"좆 됐다."

그렇게 말한 후, 법왕은 장칠과 홍한교만이 들을 수 있
는 목소리로 말했다.

"도망치자."

장칠은 눈으로는 숭무정주만을 쫓으며 입만 벙끗거려
말했다.

"뭘 그렇게 쫄아."

"쫄만 하니까 쪼는 거 아냐. 나를 따라서 뒤로 빠져."

법왕은 그렇게 쏘아붙인 후, 은밀히 뒷걸음질쳤다. 하지
만 홍한교와 장칠은 각자의 무기를 뽑아들며 오히려 한 걸
음 내디뎠다.

법왕은 그들의 뒷목을 붙잡았다.

"다 죽는다고. 당장 도망쳐야 해."

장칠은 손을 휘저어 그의 팔을 떨구어 낸 후 말했다.

"몽예는 어쩌고."

그제야 법왕이 아! 하고 탄성을 뱉었다. 몽예는 아직 깨어나지 않은 상태였다. 그렇다고 짊어지고 도주할 수도 없었다. 스스로 깨어나기 전에 건드린다면, 다시는 깨어날 수 없을지도 모르기 때문이었다.

장칠이 말했다.

"뭐가 걱정인지 모르겠는데, 몽예가 깰 때까지 버티자."

법왕이 고개를 저었다.

"못 버텨. 그 전에 다 죽을 거야."

장칠과 홍한교는 눈살을 찌푸렸다.

숭무정주가 엄청난 고수임은 분명 느끼고 있었다. 신검무제가 검 한 번 휘둘러보지 못하고 물러섰을 정도이니, 어쩌면 몽예보다 강할지도 몰랐다.

하지만 숭무정주는 혼자였다. 그러니 법왕의 반응은 너무 과민하다고 여겼다.

법왕의 한마디를 듣기 전까지는 말이다.

"진무도."

장칠이 고개를 갸웃거렸다.

"뭐? 진무도가 뭔데?"

"숭무정주의 이름."

314

장칠은 기억을 더듬었다. 어디선가 들어본 적이 있는 이름 같았다. 장칠이 기억해 내기 전에, 홍한교가 놀라 외쳤다.

"무, 무신?"

법왕은 고개를 끄덕였다.

"그래. 놈의 정체가 바로 무신 진무도란 말이야!"

콰아아아아아아아앙!

들려온 폭음에 장칠과 홍한교의 고개가 앞으로 돌아갔다.

신검무제가 비틀거리다가 쓰러지고 있는 광경이 그들의 시야에 들어왔다. 그런데 신검무제의 오른팔이 보이지 않았다.

단 일 합 만에 신검무제가 저 꼴이 되다니!

순간 장칠이 속삭였다.

"좆 됐다."

법왕이 이죽거렸다.

"내가 그랬잖아."

*   *   *

몽예가 꾸민 계획은 아무것도 없었다. 그가 말하기를 무제맹 무인들은 상청궁 안에 들어서는 순간 상황의 이상함을 깨달을 것이고, 그럼 신검무제가 알아서 정리할 것이라고 했다.

신검무제가 숭무정의 정체에 대해 어느 정도 알고 있을 것이라고 여겼기 때문이었다. 숭무정의 실체에 접근하지 못했다고 하더라도, 무제맹 내부의 불온한 움직임 정도는 눈치챘을 것이었다.

근거는 없었다.

굳이 근거를 따지자면 단 하나뿐이었다.

신검무제 남궁진악이니까.

그라면 아무리 야망에 불타 주변을 둘러보지 못한다고 하더라도, 넋 놓고 있다가 뒤통수를 맞은 인물은 아니기 때문이었다.

하지만 아니라면?

장칠이 그렇게 묻자, 몽예는 대수롭지 않다는 듯 이리 말했었다.

"남궁학의 음모를 알려 주지 뭐. 못 믿겠다고 설치면, 그냥 진천뢰를 터트려서 싹 죽여 버려."

몽예답다고 해야 할까?

어찌 되었건 몽예의 예상은 그대로 적중했다. 신검무제는 남궁학의 음모를 미리 알고 있었다. 아니, 그 정도가 아니었다. 남궁학의 설명이 사실이라면, 그는 이 음모를 이용해 무제맹에 가입한 각파의 고위 인물을 몰살시킴으로

316

써 자신의 지배 체제를 확고히 할 계획까지 꾸민 듯했다.

아마도 그 부분에 관해서는 정도무림 제일의 모사인 제갈홍이 개입하지 않았을까 의심스러웠다.

그러니 약간의 오차가 있기는 했지만, 결과는 몽예가 예상한대로 흘러갈 듯했다.

숭무정주, 아니 무신 진무도가 나타나지 않았다면 말이다.

콰아아아앙!

신검무제 남궁진악이 피를 토하고 날아가고 있었다.

그가 정말 신검무제가 맞는 걸까 의심스러웠다.

신래칠존 중 일인이며, 사존부의 혼제와 무당파의 검선을 제외하면 당적할 자가 없다는 절대고수가 바로 그이다.

그런데 무신 진무도를 상대하는 그의 모습은 마치 화가 난 어른에게 울먹이며 달려드는 어린아이만 같았다.

그처럼 일방적이었다.

신검무제가 힘을 아껴서는 아니었다. 하나 남은 팔로는 심검을 든 채 남궁세가의 절대검학인 제왕검형에 따라 폭풍처럼 몰아쳤고, 잠시 떨어질 참이면 이기어검의 공능으로 숭무정 시체들 주변에 널려 있던 검들을 움직여 소낙비처럼 쏟아 냈다.

당가타에서 있었던 몽예와의 일전 때와는 비교도 할 수 없을 만큼 화려한 공세였다. 그만큼 필사적이라는 뜻이었다.

하지만 그 어떤 공격도 진무도의 몸에는 닿지 않았다.

반대로 가볍고 단순한 진무도의 손짓과 발길질을 피하지 못해 신검무제는 피를 토하며 바닥을 굴렀다.

이 대결의 결과는 누가 보아도 명확히 알 수 있었다.

신검무제가 죽는다.

그가 죽은 후 진무도가 향할 곳은 자신들임을 알기에, 무제맹의 무인들은 서로 눈짓을 건네며, 합공을 준비했다.

무제맹의 무인들은 모두 고수였지만, 단 한 번도 손발을 맞춰본 적이 없었다. 물론 그들의 실력이라면, 임기응변으로 상응하고 보조하여 합공을 가할 수 있었다.

하지만 상대는 신검무제를 어린아이처럼 다룰 만한 고수이다.

감히 상상조차 할 수 없는 극강의 고수에게 그런 임기응변 정도의 공격이 통할 리 없었다.

그때 그들 쪽으로 법왕이 다가왔다.

"당신들, 지금부터 내가 하는 말을 잘 들어. 지금 이곳엔 마흔세 개의 진천뢰가 묻혀 있어."

순간 무제맹 무인들의 눈이 커졌다.

마흔세 개의 진천뢰라니.

그 정도면 산을 부수고, 강줄기를 틀어 버릴 수 있을 만한 위력을 가졌다.

"길게 설명하기는 힘들고, 진천뢰의 범위가 좁아서 이곳에서 백 장 정도만 벗어나면 안전해. 그러니 내가 신호를 하면 모두 벗어나."

제갈홍이 법왕에게 다가와 속삭이듯 물었다.

"혹시 법왕이라는 분 맞으시오? 진천뢰가 매설된 위치를 알려주실 수 있으신가?"

법왕은 손가락질로 빠르고 정확하게 마흔세 곳을 가리켰다. 그러자 제갈홍의 눈동자가 분주히 움직였고, 계산을 마쳤다는 듯 고개를 끄덕였다.

"그렇군. 알았소이다. 제가 신호를 하면 셋으로 나누어서 저곳과 저곳, 그리고 저 건물 뒤로 최대한 빠르게 움직이시오."

법왕이 탄성을 뱉었다.

"와! 대단하네. 당신 머릿속이 궁금한데?"

제갈홍이 물었다.

"과찬의 말씀을. 그나저나 내 사위는 어디에 있소?"

길게 설명하기 귀찮은 법왕이 장난치듯 말했다.

"자고 있어. 깊이 잠들었나 봐."

제갈홍이 어이없다는 듯 고개를 저었다.

"내 사위답구료."

법왕은 서둘러 품에서 팔괘 문양이 새겨진 목갑 하나를 꺼냈다. 진천뢰의 기폭 장치였다. 팔괘 문양 중 풍이라고 적힌 글자에 손가락을 대고 말했다.

"이걸 누르면 터져."

제갈홍은 긴장된 얼굴로 알았다는 듯 고개를 끄덕였다. 이미 무제맹의 무인들은 각기 마음에 맞는 이들끼리 뭉쳐 셋으로 나뉘어 있었다.

그들 중 남궁세가의 무인이 말했다.

"맹주께 어찌 알려야 할지 모르겠소."

그러자 사람들의 시선이 홀로 진무도를 상대로 싸우고 있는 신검무제를 향했다. 지금 달려가 신검무제에게 그들의 생각을 알릴 수는 없었다.

오히려 신검무제가 진무도를 잡아 주어야만 진천뢰가 제 목적을 다할 수 있을 것이었다.

그러니 사람들은 침묵으로 남궁세가 무인의 질문을 외면했다.

남궁세가 무인은 거듭 요구하려고 입을 벌리는 순간, 법왕이 외쳤다.

"지금!"

그러며 목갑의 문자를 손가락으로 힘껏 눌렀다. 그 순간 무제맹의 무인은 셋으로 나뉘어 빛살처럼 달려갔다.

콰아아아아아아아아아앙!

고막이 찢어질 듯한 굉음이 연거푸 터져 나왔고, 바닥은 흔들리며 가라앉거나 솟구쳤다.

사람들은 뒤도 한 번 돌아보지 않고, 달리기만 했다. 등이 익지 않을까 싶을 정도로 뜨거운 바람이 몰아쳤기 때문이었다.

　무사히 안전한 범위에 도착한 이들은 그제야 살짝 고개만 돌렸다.

　불바다이다.

　염화 지옥이 현세에 도래한다면, 저와 같은 모습이지 않을까 싶을 정도였다.

　저 안에 있었다면 어찌 되었을까? 그 누구라고 해도 한 줌의 재가 되어 사라졌을 것이다.

　무신 진무도라고 해서 다르진 않을 것이었다.

　사람들은 안도의 한숨을 몰아쉬었다. 그제야 신검무제에 대한 안타까움과 미안함이 느껴졌지만, 어쩔 수 없었다.

　지금은 명복을 빌고, 나중에는 그의 희생을 기려주는 것으로 이 감정을 대신해야겠다고 마음먹을 뿐이었다.

　진천뢰가 만들어 낸 화염은 악귀처럼 휘몰아치며, 먹잇감을 찾아 희번덕거렸다.

　사람들은 저 화염이 자신을 향해 닥치지 않을까 두려운지 뒷걸음질 쳐 물러났다. 시간이 흐르며 화염은 점점 가라앉기 시작했다.

　그리고 불꽃에 가려 보이지 않던 안의 모습이 점차 드러나기 시작했다.

그 순간 모두의 표정이 굳었다.

아직도 화려하게 춤을 추고 있는 화염 속에 진무도가 서 있는 광경이 보였다.

일렁이는 불꽃은 그를 호위하듯 감싸고 있을 뿐이었다.

그는 무제맹의 무인들이 나누어 숨은 세 곳을 찬찬히 둘러보며 말했다.

"깜짝 놀랐네. 하마터면 다칠 뻔했어."

그러며 슬며시 미소를 짓는다.

"뭐 다른 건 없는가?"

법왕이 식은땀을 흘리며 속삭였다.

"역시 좆 됐다."

                    *   *   *

저걸 사람이라 할 수 있을까?

무신 진무도가 어째서 단신의 힘으로 천하무림을 제패할 수 있었는지를 뼈저리게 깨달을 수 있었다.

그의 전설은 오히려 실제보다 축소되었던 듯싶었다.

저자는 홀로 만 명의 군세를 상대하고도 남을 것이다.

신주칠존이 모두 달라붙는다고 해도, 어렵지 않게 이겨낼 수 있을 것이다.

저런 게 어떻게 존재할 수 있을까?

저건, 저건…… 그래, 무신이다.

무(武)의 신(神)이다!

멈춰 서 있던 진무도가 걸음을 옮겼다. 그가 향한 방향
은 왼쪽으로 그곳엔 무제맹의 무인 중 철혈성과 봉명성의
무인들이 피해 있었다.

그들 중 대표라고 할 수 있는 철혈성의 응안철조는 진
무도가 자신들이 있는 곳을 향해 다가오자 있는 힘껏 외쳤
다.

"도주한다!"

그가 말하기도 전에 이미 그들 중 반은 등을 돌린 채 달
려나가고 있었다. 그들에겐 진무도를 상대하겠다는 생각
은 사라진 지 오래였다.

오히려 한 걸음이라도 멀리 떨어져야 산다는 공포심
만이 그들의 머릿속에 가득했다.

하지만 그들의 바람은 진무도가 갑자기 그들의 앞에 나
타나 가로막음으로써 안개처럼 흩어져 버렸다.

무신 진무도가 손을 뻗었다.

스윽.

응안철조의 머리가 공중으로 튀어 오른다. 이어, 그의
곁에 붙어 있던 철혈칠로 중 삼로 철혈도부의 심장 부위가
일그러지며 둥글게 구멍을 드러냈다.

단 한 번의 손길만으로 강호 정점에 가까운 고수 둘을 죽이다니!

하지만 놀라고 있을 시간은 없었다. 나머지 사람들은 고양이를 본 쥐 떼처럼 사방으로 흩어져 달려나갔다.

하지만 진무도가 갑자기 손을 움켜쥐자, 그들은 그대로 굳어버렸다. 마치 흐르는 시간을 움켜잡아 멈춰 버리기라도 한 것만 같았다.

어느 순간 진무도가 주먹을 폈고, 멈춰 서 있던 사람들은 그대로 터져 나갔다.

진무도는 용건을 마쳤다는 듯이 뒷짐을 쥐더니, 이번에는 오대세가의 무인들이 모여 있는 오른쪽 방향으로 걸음을 옮겼다.

오대세가의 무인들은 넋이 빠진 얼굴로 다가오는 진무도를 멍하니 바라만 보았다. 너무나 두려워 도망칠 생각을 하지 못했다. 그렇다고 달려들어 싸울 용기조차 없었다.

그저 운명이라는 듯 모든 걸 포기하고 진무도가 내릴 죽음을 기다릴 뿐이었다.

그때 정면 쪽으로 피했던 사람들 중 둘이 진무도를 향해 걸음을 옮겼다.

장칠과 홍한교였다.

그들의 돌발적인 행동에 사람들은 놀랐고, 진무도는 신기하다는 듯 눈을 빛냈다.

장칠이 등 뒤로 남겨진 법왕이 들으라며 말했다.

"우리가 시간을 끌 테니까 넌 가서 몽예를 들고 튀어."

홍한교가 해왕검을 두 손으로 굳게 쥐며 말했다.

"얼마 못 버틸 것 같다. 그러니 지금 바로 가."

법왕은 어이없다는 듯 코웃음을 쳤다. 그러며 바로 자신의 옆쪽에 있는 제갈홍을 향해 말했다.

"들었지? 저 뒤쪽 노군각이라는 건물 안에 몽예가 있네. 데리고 도망치시게."

그런 후, 장칠과 홍한교의 곁으로 다가갔다.

장칠이 피식 웃었다.

"죽고 싶어?"

법왕이 따라 미소를 지었다.

"다시 태어나면 돼."

그러자 홍한교가 뭐가 그리 웃긴지, 고개를 숙이고 키득거렸다.

오대세가의 무인들이 있는 쪽으로 걸어가던 진무도가 방향을 바꿔 그들을 향해 다가오고 있었다.

법왕이 표정을 굳히며 말했다.

"다음 생에 보자."

장칠과 홍한교는 엄숙한 표정으로 고개를 끄덕였다. 그리고 두 발을 넓게 펴고 자세를 취했다.

지닌 무공 중 최강 최대의 절초를 떠올리며, 두려움을

삭힌다.

그때였다.

"난 왜 빼?"

들려온 목소리에 모두의 시선이 돌아갔다.

그들의 사이에 몽예가 서 있었다.

언제 나타난 거지?

왜 지금 이곳에?

몽예는 그들의 시선이 담긴 수많은 질문을 무시한 채, 정면만을 노려보았다.

다가오는 무신 진무도의 눈이 얇게 좁혀지고 있었다.

몽예가 속삭였다.

"저건 대체 뭐야? 엄청난데?"

법왕이 다급히 외쳤다.

"도망쳐! 지금은 때가 아니야! 지금은 물러났다가 나중을 기약해!"

하지만 몽예는 오히려 발을 내디디며 무신 진무도를 향해 다가갔다.

"난 지금밖에 없어."

*　　　*　　　*

상청궁에 무신 진무도가 나타나 투신 몽예와 대결을

벌였다.

그와 관련된 소문과 전설은 지금도 요란하지만, 진위 여부를 증명해 주는 사람은 아무도 없다.

그렇기에 이야기꾼의 과장된 헛소리로 치부되는 실정이다. 하지만 필자는 적수진인과의 대담을 통해 확신할 수 있었다.

무신 진무도가 그 자리에 있었고, 투신 몽예와 만났음을.

그리고 그들이 벌인 대결의 결과는 떠도는 소문과 전혀 달랐다는 사실까지도……

〈다음 권에 계속〉